梦中缘

陈秉珊◎著

浙江工商大学 出版社
ZHEJIANG GONGSHANG UNIVERSITY PRESS

·杭州·

图书在版编目（CIP）数据

　　梦中缘 / 陈秉珊著 . — 杭州 ：浙江工商大学出版社，2024.4
　　ISBN 978-7-5178-5822-5

　　Ⅰ . ①梦… Ⅱ . ①陈… Ⅲ . ①随笔—作品集—中国—当代 Ⅳ . ①I267.1

　　中国国家版本馆CIP数据核字（2023）第231390号

梦中缘
MENG ZHONG YUAN

陈秉珊　著

策划编辑	姚　媛
责任编辑	姚　媛
责任校对	都青青
封面设计	屈　皓
责任印制	包建辉
出版发行	浙江工商大学出版社
	（杭州市教工路198号　邮政编码310012）
	（E-mail：zjgsupress@163.com）
	（网址：http://www.zjgsupress.com）
	电话：0571-88904980,88831806（传真）
排　　版	杭州朝曦图文设计有限公司
印　　刷	杭州高腾印务有限公司
开　　本	880 mm×1230 mm　1/32
印　　张	5.125
字　　数	133千
版 印 次	2024年4月第1版　2024年4月第1次印刷
书　　号	ISBN 978-7-5178-5822-5
定　　价	36.00元

美丽的风景并非只用画笔才能描绘。

美丽的风景可以用文字描绘，用心欣赏。

用心欣赏，就会发现，曾经熟悉的风景中，

其实还隐藏着很多未曾察觉的美……

引　言

　　追梦的时代，每个人都有梦。追梦的人生，少不了缘。一个梦字，说尽了人生；一个缘字，道尽了人情。梦，是人生中最美的诱惑；缘，是人生中美妙的风景。追梦之旅，每一段都有不同的风景，都因缘而发生着不同的故事。梦与缘交织，构成色彩斑斓的人生画卷。

　　追梦人都将人生寄于梦，甘愿为梦而背井离乡，漂泊异地他乡。人在旅途，方能领略自然的多姿多彩，感受自然的神奇伟大。自然，超越地域国界、语言文化，让人毫无理由地亲近。亲近自然，融于自然，便会引发诸多感悟：感悟梦的美好、缘的美妙。

　　追梦旅途，抹不去的是乡愁。对追梦者而言，最能拨动乡愁的便是自然。无论走到哪里，都能在自然的花草树木中找到故乡的身影，在自然的鸟啼虫鸣中听到故乡的声音。自然引发的绵绵乡愁，让追梦人在异乡感受故乡的美丽、故乡的魅力，越发眷恋、热爱那片土地。自然之美，让追梦者留住记忆，铭记乡愁。

　　追梦，乃孤独之旅，人在孤独中，最易接近自然。苍茫的夜色、清冷的月光、潇潇的雨声、漫天的飞雪，总会让追梦者感知万物沉寂的孤独。尘封的往事，总在孤独中被悄然忆起。静静追思，细心品味，总引发无限的感慨。寄情于自然，便会感受孤独的美妙，于是，黄昏、孤灯、夜雨、虫鸣都被赋予无尽的诗意、无限的情趣，从而引发美妙的心动。

　　追梦之旅，总有"无常"相伴。自然中观"无常"，方知"无常"的美丽；"无常"中看自然，才感自然的魅力。变幻无常中，自然万物沉静洒脱，波澜不惊。不以物喜，不以己悲。感悟"无常"，直面"无常"，人方能静观自己，才会有所超越，生活才会多姿多彩。懂得只要有梦，只要为梦激情奔走，纵使好梦难圆，人生亦色彩缤纷、回味无穷。

追梦人最在意时光。时间就是生命，融入自然，就会切身感受生命之美。自然万物，每日争分夺秒，在属于自己的季节展示生命的美丽，传递生存的快乐。融入自然，就会切身感悟生命的珍贵，就会更加珍爱生活，把握当下，爱惜寸阴。

追梦人最懂得在动中求静。与自然无言接触，默默交心，便多一分对静的感悟。自然万物，在隐逸中进取，在进取中隐逸，以新的风姿迎接新的一天。心系自然，就会在忙碌的每日，于浮华岁月中，寻找到沉静；心系自然，就会从容自若，随遇而安；心系自然，就会以自然的空灵，在世俗中感受到风雅，在红尘中寻找到清净，在内心拥有一处桃花源。

追梦人渴望偶遇高山流水般的知音。与自然结缘，就会懂得，知音是美丽的相逢，是心灵的默契。知音可以超越世俗、超越时空，可以是古书古人、草木花鸟、微风细雨……于是感知，人生中有很多与梦相依的风景，生命中有很多与梦相伴的缘；于是感悟，无论是生命中的过客，还是人生中的知己，都是一生中精彩的回忆。

自　序

　　回顾过往人生，每个人都会有很多感慨和追思，有让自己感动的故事或片段。于是，总会隐约有一种冲动，将其诉诸笔端，我即如此。将过往人生中经历的那些心动，以某种形式记录下来，一直是我的一个梦，来到杭州，我圆了这个梦。

　　随笔集《梦中缘》由二十八篇短文构成，以时间为序，以自然为轴，以自传为体。每篇独立成文，各篇之间又有千丝万缕的联系。这些都是我来杭州后，以所接触的自然风景为顺序书写的，内容则不受时间、空间制约，每篇都是人生中的真实风景，都是人生中的真实片段。因此，该随笔集是我的人生履历，也是我的人生影集。

　　在我的追梦人生中，我邂逅了很多美好、难忘的"缘"。其中，《庄子》和《徒然草》是特殊的存在，两部古书一直陪伴着我，困惑时予我启发，失落时给我鼓励，倦怠时赋予我诗意般浪漫的想象。因此，该随笔集也是我的读书随想，是我的人生思索。

　　我读《庄子》是大学毕业后的事了，《庄子》中脍炙人口的名言警句、幽默风趣的寓言故事，我年少时便熟知很多，特别是大鹏展翅南飞的故事，很早就激发了我的南方梦。南方梦，改变了我的人生，因此，初读《庄子》，便有久别重逢之感。我超越时空，与这部旷世古典结缘，从此，这部古书成为我的人生伴侣，成为我最爱读的书。邂逅《徒然草》亦缘于《庄子》。

　　文学名著《徒然草》是日本古典随笔，作者兼好法师乃出家人，精通儒、佛、老庄之学。《徒然草》中有这样一段话："静夜里，独自在灯下读书，与未曾谋面的古人为友，乃最好的精神寄托。我爱读的中国古典有：文选各卷中感人至深的章段、白氏文集、老子警句、南华篇。""南华篇"即《庄子》，兼好法师爱读《庄子》，他以独特的视角理解《庄子》，并将其巧妙地融入《徒然草》中，深深吸引着爱读《庄子》的我。为研究《徒然草》，大学毕业十年后，我自费赴日本留学，从此，与《徒然草》结下不解之缘。

留学期间，我生活、学习在日本古典文学花开的舞台——京都。作为千年古都，京都有着浓厚的古典气息、优美的自然风景。偏爱自然，使我在异国遇到了很多故乡的风景，那些风景不断勾起我的回忆、牵动我的乡愁。《徒然草》是吸收中国文化元素最多、最早体现老庄思想的外国文学作品之一。研究《徒然草》的同时，我读遍了其中涉及的中国古典文学作品。我能对中国古典文学有一定程度的理解，得益于那几年留学，缘于《徒然草》。《庄子》中的"自然"与《徒然草》中的"无常"引发了我的极大兴趣，我的硕士论文和博士论文皆为探究《徒然草》中的庄子思想，"自然"和"无常"也成了我思索人生的主题。

结束七年的留学生涯，回国后，我来到了杭州。我心目中的江南，一直是如梦般的存在。杭州文化底蕴深厚，自然风景优美，适合钟爱自然、热爱古典的我。我曾不止一次地幻想，将来定居在这充满诗情画意的江南古都，拥有一个属于自己的梦里桃源，继续我的古典文学之梦。我与杭州有缘，因为命运安排我在他乡异国辗转奔波多年后，如愿以偿地来到了这梦里江南。也许我的人生注定要与自然交融，在这陌生的土地上，我邂逅了太多熟悉的自然风景。那些自然风景激活了我的童年记忆，唤起了我的青春梦想，引发了我的绵绵乡愁，促使我在工作之余，在茶余饭后不断品味、思索，激发了我强烈的创作冲动。

于我而言，创作，是人生中一次漫长的修行。创作需要激情和毅力，需要时间和精力，需要读书和思索，需要孤独和清静，也需要超越和放弃。创作中，给我最多灵感的是自然，给我最多启示的是《庄子》和《徒然草》。庄子以道为故乡，淡看名利，超然物外，宁静做自我，逍遥于充满诗意的精神世界，为自己找到了安身立命之所。"无何有之乡"，即自然之道，心灵的回归，也是庄子的"梦中之乡"，凝结着庄子的"乡愁"。《徒然草》的作者兼好法师爱读《庄子》，他将对自然之道的同感、对"乡愁"的共鸣反映在对"无常"的深切感悟、对自然的深入观察、对世俗人心的深刻剖析中。无论是庄子还是兼好法师，对人生都有独特的感悟，两部古书潜移默化中助我抵挡世间浮华，超越自我，获得精神逍遥。创作，成为我研究《庄子》和《徒然草》的独特方法，它也让我尝试着用自己的人生经历解读《庄子》和《徒然草》。

这部随笔集，写的是追梦之旅，说的是追梦中邂逅的缘，流淌其中的是乡愁。对寻梦者而言，故乡是令人魂牵梦萦的心象风景，它深沉美丽。自从离开了那片土地，乡愁就伴随着我。多年来，我逆旅漂泊，伴着乡愁寻梦，寻梦中，乡愁与日俱增。多年后，当我怀着无限的眷恋，回到养育我的故乡时，故乡已发生了翻天覆地的变化。特别是父母、兄弟、亲朋、恩师的相继离世，使故乡变得异常遥远。我为自己在寻梦中失去故乡而怅然不已。故乡就是这样，总给远行的游子平添伤感，没有变化时渴望它变化，变化了却又怕因此而失去它，让人感到无奈。想来这便是乡愁。我在这江南的古都邂逅如此熟悉的自然风景，感慨之余，仿佛找到了精神家园，恍然理解了庄子的"无何有之乡"，感悟到乡愁是渗透在内心的风景，留住了那些风景，就是永远留住了乡愁。

这部随笔集，断断续续地写了近二十年。物换星移，寒来暑往中，笔下的那些自然风景已融入我的内心，融入我的灵魂，成为美丽的心象风景。我与杭州有深深的情结，是因为在这片土地上，我遇到那些令我魂牵梦萦的风景。曾经的梦里江南，也成为心灵中的故乡。在静静流淌的时光中捡拾乡愁是一种享受。《庄子》曰："天地有大美而不言。"从小热爱自然，使我的人生与自然结缘。自然，装点了我的人生，装点了我的梦，给人生和梦增添了诗情画意。《徒然草》中说："心里有话不说就会难受。"自然，让我回味人生中每个熟悉的片段，赋予我灵感，促使我描绘那些令人心动的梦中缘。

目 录

柳

二〇〇七年秋，我寻梦来到了杭州。

人生在世，梦何其多，有时一个梦刚结束，便又有新的梦产生。曾经，留学是我的梦，为圆此梦，大学毕业十年后，我东渡日本，在千年古都——京都度过了七年如梦般的时光。光阴似箭，留学结束后，我来到江南古都杭州。自此，我便开始了一个新的梦。

在我心中，杭州如诗如画，我曾幻想有一天能步入这美丽的人间天堂，在此栖息灵魂，以激情和浪漫描绘毕生的梦。我将行李放入下榻的酒店后，便不顾旅途疲劳，冒着深秋的潇潇细雨，径直奔西湖而去。

赴日留学前，我曾到过一次杭州，也游览了西湖。那时正值江南的暮春，旖旎的春光、如烟的青柳、灼灼的桃花，将西湖装点得如人间仙境。信步在西子湖堤，恍惚间，有超脱俗世、步入桃源之感。在这世外桃源里，最令我心动的是柳。记忆中，无论去到哪里，总会遇到柳。也许见得多了，柳，从未给我留下特殊的印象，也未曾给我带来别样的情趣。然而，西湖的柳不同。

西湖的柳，风姿绰约，温柔飘逸。邂逅西湖的柳，我恍然懂得了何为"柳烟""柳浪"，何为"柳腰""柳眉"，似乎领略到了"欲把西湖比西子，淡妆浓抹总相宜"的迷人神韵。西湖的柳，让我联想起《白蛇传》，仿佛柔情似水的白娘子与多愁善感的许仙正打着油纸伞从断桥走过，在柳烟中飘然隐去；西湖的柳，也让我想起《梁祝》，似乎有两只热恋中的蝴蝶在柳丝间轻盈曼舞，缠绵不尽。远古的爱情、千年的美丽，穿越时空，使西湖充满了浓浓的古典风情与浪漫气息。

初到杭州，西子湖堤的依依青柳便触动了我内心的最柔处，使我产生了一种错觉——仿佛前世来过这里，于是我深深沉醉其中。古典文学令我心动已久，而那次西湖游更使我感受到古典世界中有无穷的奥妙、无限的情趣、无尽的魅力。留学于京都，研究《徒然草》，皆缘于古典文学的神奇魅力。若说杭州为我开启了通往古典文学的门扉，那么京都便引领我步入了古典文学的梦乡。梦醒时分，发觉自己已完全与古典文学结缘。

不同于睡梦，人生的梦与人生有着千丝万缕的联系。就像曾经憧憬古典文学才有后来的留学梦一样，没有在京都度过的七年时光，我便没有对古典文学的痴迷和陶醉，也不会有今天的杭州梦。寄梦杭州，就是为了延续古典梦，于我而言，杭州梦就是古典梦。作为中国七大古都之一，杭州与京都一样，有古典的幽雅、现代的时尚。杭州钟灵毓秀，乃人文荟萃之地，这里的山也多情，水亦温柔，尤适合古典文学爱好者做梦。我曾不止一次地幻想，若有缘定居在这充满诗情画意的江南古都，在这里拥有一个属于自己的世外桃源，继续我的古典文学之梦，则此生足矣。

时隔多年，故地重游，我为与久别的西湖重逢而心潮澎湃。与多年前的那次西湖游不同，此次来杭，季节已入晚秋，秋雨笼罩的西湖一片苍茫。堤上行人稀少，少了很多鲜花绿草。潇潇冷雨伴着习习凉风，激荡着湖水，拍击着湖岸，撩拨着我的孤独与旅愁。凄凉萧瑟中，柳，摇动着纤细如丝的枝条，依然那么轻柔飘逸、从容幽雅，柔中隐约透着韧，似乎静候着即将到访的严冬。

那轻柔与坚韧，让我不由得想起了琵琶湖疏水①岸边的柳。

在日留学期间，我住在京都山科区西野，附近是京都西本愿寺的山科别院。别院内，古木参天，寂静幽雅。别院外，日本最大的湖——琵琶湖的疏水汩汩流淌而过。疏水一岸，数株垂柳与樱花树交错排列，一条幽静的青苔小径沿疏水曲折延伸。自从来到古都，那里便成了我平日漫步散心的地方。

自费留学的我，为完成学业，势必要打工。为此，来京都后不久，我便去了几次学生中心。学生中心旨在为来京都求学的日本大学生和外国留学生提供打工及公寓出租等信息服务。我的运气不佳，几次都未找到满意的工作。沮丧失落的我，每次返回位于西野的住所，都会彷徨于疏水岸边的小径。

岁暮天寒，万物萧条，目睹光秃秃的柳枝在寒风中瑟瑟摇摆，我总想起西湖的柳浪闻莺，眼前萧索的冬日寒柳与昔日在西子湖畔明媚春光中邂逅的娇柔青柳宛如现实与梦的缩影。冬正酣，春天依然遥远，想到柳将经受漫长的严寒与风雪的考验，一种莫名的哀愁涌上心头，那还是我第一次看柳感伤。

我开始在中餐馆打工，是两个月后的事了。那时，我通过了研究生招生考试，留学生活总算步入了正轨，然而，内心却始终笼罩在茫然与惆怅中。打工地点远离住所，乘电车往返需要几个小时。从未在餐馆打过工的我，在大堂紧张忙碌地端饭上菜，在厨房大汗淋漓地刷盘洗碗时，内心总有一股说不出的滋味。怀着美好梦想来国外求学，没想到梦里梦外，竟是这般不同。我迷茫了，迷茫中又去了学生中心，期盼着能找到一份"体面"的工作，然而总是失望而归。

时光在恍惚中匆匆流逝，不久已是芳菲四月。琵琶湖的疏水

柳

---

① "琵琶湖疏水"是一条将琵琶湖丰富的水资源输送至京都的输水道。为方便叙述，本书皆使用直译的"疏水"来表示水道。

两岸，争相绽放的樱花宛如飘浮着的云霞。目睹纤细如丝的柳条在绚烂的樱花中轻盈曼舞，眼前又浮现出西子湖堤的依依青柳。初见西湖的柳浪、柳烟时，是那么震撼。而今看疏水岸边的柳，一样的春日，一样的新绿，却是这般恼人。

疾风掠过，樱花纷纷飘落。落英缤纷中，柳条随意从容，轻盈飘逸。那一瞬间，我被深深吸引。昔日看似柔弱无力的柳丝，此时柔中隐着一种倔强的风骨，一种任凭风吹雨打也宁弯不折的韧。柳的外柔内韧使我想起《庄子》的"顺物自然""游刃有余"。"顺"即适应，"游"为回旋，柳以其独特的柔韧，直面风雨，曲而不折，弯而不断，逍遥于自然的"无常"中。

我与《庄子》有宿命之缘，每当我失意消沉、彷徨迷茫时，《庄子》都会引领我走出困境、超越自我，它赋予我浪漫想象，使我精神逍遥。我不由得想，身在异国，面对陌生的世界，总会有很多困惑和迷茫，因此在陌生的世界里追梦，就要直面困惑和迷茫，如风雨中轻盈曼舞的柳，顺应"无常"，随遇而安。

乘电车上学、打工，每日往返需要几个小时，本来打工已占用了太多的时光，又在路上浪费了如此多的时间，我不由得感叹异国求学的艰辛。然而，我也正是在电车中逐渐适应留学生活的。在日本，即便是在最拥挤的早晚上下班高峰期，电车上也有很多人在静静地看书。看到他们如此勤奋好学，我内心涌起从未有过的激情，于是迅速融入其中，成为车内看书族中的一员。日久天长，我看了很多平日想看而未看的书，情绪也随之稳定下来，不再为打工占用了太多时间而哀叹。

留学期间，我先后在餐馆、酒店、工厂、医院打过工，备尝异国求学的艰辛，然而因心中有梦，苦中亦能体会到无穷的乐趣。我做清洁工的时间最久。清洁工单独作业多，工作时虽身体疲惫，但内心安逸，适合孤僻爱静的我。清洁工的工作最能陶冶情操，当把酒店房间收拾得整洁干净，将餐馆的桌椅擦拭得一尘不染时，我总有一种说不出的赏心悦目之感。想来生活就是艺术，创作源于生活。留学生活中的酸甜苦辣，激发了我的灵感，也激发了我的创意，于是我更加钟爱文学。

每次外出归来，我都在疏水边的小径上散步，目睹随风曼舞的柳条，总想起西湖的柳。昔日在西子湖堤看柳，感受到的是柳迷人的柔，而今在琵琶湖疏水岸边观柳，感受到的是柳惊人的韧。《庄子》曰："若夫乘天地之正，而御六气之辩，以游无穷者，彼且恶乎待哉！"此言意为顺天地万物之自然，游于变化之中，便无所依赖而逍遥。柳的柔和韧，使我懂得了顺应自然之理。我也感悟到，正是柔和韧的完美融合，才使柳无论根植于何处都能欣然而存，悠然自得。

《徒然草》中，兼好法师谈及物之情趣时，列举了很多自然中的树木花草，其中便有柳。反复言及"无常"、赞美"无常"的兼好法师，想必在"无常"中感悟到了柳的特殊魅力。"无常"中看柳，最能感受其美。在我心中，柳是柔与韧的绝妙结合体。柳的柔和韧，使我体会到了柳的风格和气质。柳的柔和韧，化解了我对梦想与现实的纠结，使我感受到了生活别样的情趣，看到了人生至美的风景。

沿白堤一直走，到苏堤的尽头时，已是暮霭沉沉，雨丝仍在缓缓地、静静地飘落着。烟雨苍茫中，柳条随风曼舞，从容飘逸，柔中透着韧。柳，给西湖增添了无穷的诗意，增添了无限的柔情。目睹在烟雨中悠然舞动的柳丝，我想起了梦。人们常将自己的人生寄托于梦，为了梦而风雨兼程，甘愿漂泊异国他乡。然而，梦是一种迷离的美。人生无常，要寻梦就要顺应变化。漫步在烟雨迷离的西湖堤岸，目睹在风雨中轻盈曼舞的柳条，耳边响起了伴随我成长、曾经唤醒无数人的老歌《人在旅途》："从来不怨命运之错，不怕旅途多坎坷。向着那梦中的地方去，错了我也不悔过……"想到梦，即便是面对从湖面吹来的阵阵冷风，也会感到惬意、舒爽。

柳

雪

　　有一个地方，那里虽不是故乡，却总有故乡的温情；虽看不到故乡的身影，却总能找到故乡的风景。于我而言，杭州便是这么一个地方。二〇〇八年冬，在杭州邂逅的那场大雪，让我再次感觉自己与这座江南古都有前世之缘。

　　结束杭州 A 大学的面试后，我回到了长沙。赴日留学前，我在长沙生活了八年，家人还在那里，可以说，回长沙就业是最现实、最合理的。然而，最现实、最合理的地方并不就是梦之地。正如当年为寻梦而背井离乡一样，自从离开长沙，选择了赴日求学之路，我就没有想过将来再回到那里。家人亦有同感，他们劝我不要被家所束缚，要去自己最想去的地方。归国后首选杭州，自然离不开家人的支持，然而，一个月后，我收到的却是未被录用的通知。

　　现实与梦总是背道而驰，面对残酷的现实，有时我宁愿沉醉于梦中不醒，然而人总是在梦与醒之间徘徊，总是边做梦边要面对现实。A 大学的面试失败后，我便以为从此与杭州无缘，于是向南方的其他高校投送了求职简历。我回国时，国内很多高校都在引进人才，对于在海外留学多年的我来说，当时的就业形势并不严峻。不久，我便收到来自厦门 B 大学的面试通知。

　　日历上虽然已是严冬，厦门却暖如阳春三月。也许内心还无法割舍杭州，厦门的气候和景物都让我感到难以名状的生疏。面试结束后，我竟对结果没有任何期待。然而未期待的事往往出乎意料地进展顺利，当日，B大学便通知我面试已通过，我未即刻答复，翌日清晨匆匆赶往机场，准备返回长沙。

天有不测风云。在机场，我意外获悉南方多地遭受了多年不遇的冰雪灾害，其中湖南受灾最为严重。厦门至长沙的航班临时停飞，机场挤满了滞留的旅客。曾在长沙生活了整整八年的我，从未经历过如此严重的冰雪灾害，联想到刚归国求职便遭挫折，又想到"无常"。人生无常，世事无常，自然亦无常。正当我不知所措，彷徨在机场大厅时，不经意中，我看到电子屏幕上显示飞往杭州的航班正常运行，于是灵机一动，当即决定先飞往杭州，再从杭州乘火车回长沙。

突如其来的变化使我再次来到杭州。投宿到上次下榻的酒店时，我隐约感到与这江南古都有不尽之缘，这种感觉使我内心获得了几许宽慰，仿佛杭州还在静静地等待着我，轻声地呼唤着我。夜里，天空飘起了雪花，清晨启窗而观，外面已是银装素裹。雪，在悄无声息地下着。我幸运地买到了当日傍晚回长沙的火车票，因离出发还有很长时间，于是我顺路去了西湖。

几个月前还笼罩在潇潇秋雨中的西湖，如今却是满目的银白世界，不见飞鸟的踪迹，没有行人的足迹。我独自走在茫茫雪中，仿佛与这个世界完全隔绝，想到人近中年仍四处漂泊，不禁黯然惆怅。那是我回国后遇到的第一场雪。雪，让我想起了初到日本留学时的情景，也勾起了许多往事……

我赴日留学时，季节正当隆冬。从关西机场乘坐电车赶往京都时，天空飘起了鹅毛大雪，外面是一片白茫茫的世界。对从小生长在北方的我来说，雪，并没有什么新奇，然而那天我却怎么也抑制不住内心的亢奋。

大学毕业后，我远离故土，在中南古城长沙就业，我是为寻梦才去南方的。说来人真的很不可思议，寒冬里盼暖春，酷暑中

小书房，两边是书架，书架上摆放着的是清一色旧得发黄的古书。村里人祖祖辈辈都是放牧种田的，除了老铁柱，再也没人有如此多的书了。我从小喜欢读书，左右邻居的书几乎都借遍了，却从未向老铁柱借过，虽然也多次动过借的念头，但那些旧得发黄的古书总让我望而生畏。

　　每次去老铁柱的山中之家，我总要缠着他讲个故事才肯离开。至今还清晰地记得老铁柱盘腿坐在红泥小火炉旁，捋着胡须，眯着双眼，抑扬顿挫、眉飞色舞地给我讲故事的情景。老铁柱讲的故事中，最多的就是《庄子》中的寓言了。比如：北极大海中的一条大鱼，某日变成了一只大鹏，大鹏借着大风飞至几万里外的高空，然后展翅南飞，翅膀如同覆盖青天的白云；池塘中的鱼儿看到被人们称为美人的西施，却逃入水底，鸟见到她也飞得无影无踪；西施胸痛皱眉的姿态极其优美，东施见此模仿，结果变得更丑陋了……《庄子》中有很多逗小孩子开心的故事，经老铁柱绘声绘色这么一讲，变得更为有趣，我听得如醉如痴。尤其是大鹏展翅南飞的寓言，在我看来有无限的魅力，让我从小便对南方产生了强烈的憧憬，于是有了后来的南方梦。只是当时的我年少无知，不知那些寓言都出自《庄子》，老铁柱也从没提起过《庄子》。

　　老铁柱的山中之家"混沌"远离村庄，他一辈子都用煤油灯。某年除夕，我受父母之托，去给他送年糕时，因灯油耗尽，老铁柱正坐在小火炉边读书。那天，他给我讲了萤雪之功的典故。借着炉火之光，沉醉于书卷中的老铁柱与他讲的故事一样，在我内心留下了深深的印迹。似乎就在那天，我感受到了雪的特殊魅力，发自内心地喜欢上了雪。北国的雪，轻柔、洁净、晶莹、素雅。走在漫天飞舞的大雪中，目睹遍野苍茫，总有难以言说的兴奋。

　　在离"混沌"很近的山坡上，有老铁柱开垦的一片果园，名曰"桃源"。说来好笑，"桃源"中并无桃树，而是清一色的梨树。我曾多次向老铁柱提及此名与事实不符，可他总是笑而不答。"桃源"的梨又大又甜。果熟时节，周围十里八乡的人们都来买。老铁柱为人热情豪爽，总是让来客随便摘，尽情吃。我是"桃源"的常客，每次去，老铁柱总是给我找最大的梨。然而比起秋季，我更喜欢春天的"桃源"。春暖花开时，那里便被梨花尽染，白得像雪。后来，我每看到洁白素净的雪就想起梨花，看到碧白剔透的梨花就又想起雪。

老铁柱的山中生活深深吸引了我，我曾模仿"混沌"，在家附近的山坡下挖了一个洞穴。春风吹绿杨树林时，卧于洞内，静听林中的清脆鸟鸣；春雨绵绵时，坐在洞中，倾听雨击打树叶的悦耳声韵。暑期，我包揽了家中的放牧活儿。每日将马儿赶入青草茂盛的山谷后，我或坐在树荫下读书、绘画，或躺在草坪上仰望蓝天白云，倾听鸟鸣虫吟。有一次，我读完书，发现马儿已无踪无影，急得满山遍野地寻找。后来还是妈妈上山告诉我，马儿早已回家了。

大学毕业后，我寻梦远赴南方，《庄子》就是在那时读的。结识《庄子》，才知道老铁柱的山中之家"混沌"的名字和他讲的很多故事原来都出自《庄子》。想到老铁柱超然物外，一生以山水相伴，必然是深受庄子的自然、逍遥、隐逸思想的影响，感慨之余，不禁油然而生敬意，也为自己终于解开少年时代百思不得其解的疑团而欣喜不已。我没想到在自己的人生中，竟有如此感人至深的缘，仿佛一切都是冥冥之中安排好了的，只可惜那时老铁柱早已离开了人世。

读了《庄子》后，这个早已从记忆中淡去的白发老人便不断引发我的回忆和思索，那树木环绕中的"混沌"，那梨花如雪的"桃源"，那旧得发黄的古书和雪夜里的寒灯孤影，不知为何，在记忆中竟变得越来越清晰、越来越高大了，于是回忆也成了最美的风景。在我心目中，老铁柱正如《庄子》中的隐士，活得纯粹，活得洒脱，活得自然。我曾多次想过，倘若时光倒流，我会成为老铁柱最好的知己，细心感受"混沌"的情趣、"桃源"的美妙，以及自然的无穷魅力。我深爱自然，偏爱《庄子》，与童年的经历有着千丝万缕的联系。

初到日本的那年冬季，京都下了好几场大雪。说来也巧，我住的山科区西野的住所离《徒然草》作者兼好法师的隐居地小野庄很近，这让我隐约感到与《徒然草》有一种不可思议的缘。我是为研究《徒然草》才赴日留学的，却从未中断过研读《庄子》。《庄子》中说："汝齐戒，疏瀹而心，澡雪而精神。""澡雪"，意为以雪洗身，"精神"，即清净神志。雪夜里，伏案静读《庄子》，总会想起老铁柱，想起他的山中之家"混沌"，想到开满似雪般梨花的"桃源"，想到那些旧得发黄的古书，眼前浮现出老铁柱在雪夜里忘我读书的情景，于是感到一股巨大的力量。我的留学生活就是在冬季的飘雪中开始的。

万物萧条的冬季，总让人在寂寥中滋生孤独。雪，给本来清冷的冬季增添了一抹严酷，也给自然界带来了清寒的美。走在茫茫雪中，我想起了梦。梦如雪，洁白纯净却又扑朔迷离，苍茫中充满了无限的诱惑，正因如此，人们明知梦之虚幻，却甘愿耽于其中。回国后的第一场雪邂逅于杭州，冥冥之中，我感到自己与这江南古都也有着割舍不断的缘，于是打电话回绝了厦门 B 大学。

梅雨

回国后的第三次入杭，正值江南的梅雨时节。与前一次相同的是，此次入杭也是临时做出的决定；不同于前一次的是，此次竟出乎意料地圆了我的杭州梦。在此之前，我度过了一段漫长的、苦闷的、倦怠的时光。

回绝了厦门 B 大学，春节过后，我又赶赴广州，接受 C 大学的面试。与厦门不同，广州是曾让我激情燃烧，留下我追梦足迹的地方。一九九六年四月，我辞去长沙 D 大学的工作，南下寻梦。那时，羊城的木棉花正开得如火如荼。几经周折，我进入了外企，圆了向往已久的翻译梦。然而，梦有时不过是美好的幻想而已，随着时间的推移，我切身感到每日与上司如影相随的翻译职业其实并不适合孤僻爱静的自己，以致后来多次跳槽，直到彻底放弃，匆匆结束了南下之旅。戏如人生，没想到时隔多年，我又来到了曾经离开的地方。

乘坐机场大巴在市内的指定地点下车后，我沿着大街漫无目的地走着。二月还未结束，羊城春意已浓，恼人的春色中，紫荆花竞相绽放，娇艳欲滴。然而，那璀璨热烈的紫荆花，没有像当年火红的木棉花那样让我心潮澎湃。我茫然地望着人潮涌动的前方，一种难以言说的倦怠感袭来，再也无心向前走了。于是乘上的士，径直赶往 C 大学。如约参加面试后，我取消了在广州停留数日的计划，当晚便乘列车返回了长沙。

我没有再为求职而奔波，每日闲在家里。人到不惑之年，工作仍无着落，内心便暗生沉重的压力、难言的迷茫。在我心中，江南如画，杭州如梦。回国刚刚来到这魂牵梦萦之地便遭遇挫折，我感到极度迷茫。长沙的春季多雨，本来春日的闲愁难消，阴沉晦涩的天气、连绵不断的苦雨越发使我陷入苦闷和倦怠。为打发那苦闷和倦怠的时光，我索性着手翻译《徒然草》。

　　《徒然草》序中这样写道："孤独、倦怠、无聊中，我终日对砚漫笔，写着那些萦绕于心、不着边际的如烟往事，连自己也感到有些痴狂。"日本古典文学中，"徒然"寓意孤寂、倦怠、无聊，兼好法师在序中披露的"徒然"心境，让深陷苦闷倦怠中的我感同身受。那段日子里，我深居家中，足不出户，朝夕埋头翻译《徒然草》。当某日偶然接到无锡 E 大学的来电时，我才恍然意识到春天已渐行渐远，南方进入了梅雨时节。

　　E 大学的来电是询问我能否去参加面试的，我未犹豫便答应下来。我曾向该校投递过求职简历，然而此时却无意于求职，只想借此机会出游，排解一下内心淤积已久的苦闷和倦怠。也许两个月前的广州之行激活了我太多的回忆，坐在东去的列车上，望着烟雨蒙蒙的窗外，多年前南下寻梦的情景又萦绕在脑海。

　　作为改革开放的先行地，广东曾备受瞩目，有志者将南下广州、深圳视为开创新天地、实现新梦想的壮举，"下海"成了那个时代最时髦的词。当时在内地高校工作的我，被汹涌的南下潮诱惑，早已抑制不住内心的亢奋，想要抛开"铁饭碗"，投身于完全未知的世界。虽然前途布满了荆棘，然历经苦学掌握的外语多年未得以尽情发挥作用的苦闷，还是让我下定了决心，踏上了南下寻梦的旅途。

　　动身的那天，雨，淅淅沥沥、绵绵不断地下着。坐在南下的列车上，我想起大学刚毕业时的情景。那年，我怀着同样的激情和梦想，告别家乡，千里迢迢赶赴中南古城长沙时，雨也是一路相伴。那时的我做梦也没想到几年后会离开这座城市，到更远的地方寻梦。与当年不同，初到长沙时工作已定，而离开长沙时却前途未卜。尽管广东外企云集，然人才济济，竞争激烈，能否在这里找到自己的立足之地，难以预料。若寻梦不成，连可以寄身的地方、可以依靠的熟人都没有。我感到自己已是漂泊的旅人，随时都会流落在异乡的街头，于是暗暗嘲笑自己唐突的决定和轻率的行动。人往往被梦所愚弄，为圆梦而不顾一切，其实梦不过是幻想而已，就像人的影子，纠缠着却永远是模糊的。我被这如影相随的梦驱使着，不惜放弃很多人羡慕的大学工作，奔向更遥远的地方。

四月的羊城，早已是春意盎然，如火燃烧般的木棉花，让寻梦而来的我心花怒放，激情涌动。那时，互联网还未普及，获取招聘信息，主要通过报纸上的广告。初到广州的那段日子里，我每天购读《广州日报》《羊城晚报》等，竟未看到一则招聘日语翻译的信息。周末，我满怀期待地去了南方人才市场，总算遇到了几家招聘翻译的日资企业，对方却要求应聘者必须懂粤语。此时，我才意识到当初过于陶醉在自己编织的梦中，现实远不像梦那般美好。时光无情地流逝，不久，南方迎来了梅雨季。在北方长大的我，还是大学毕业之后到了长沙才体验到了梅雨。梅雨时节，阴沉晦涩，潮湿闷热，使人倦怠，令人苦闷。

工作还是毫无着落，身上带的钱却已花去了大半。起初住招待所，在饭馆用餐，后来不得不改住简易的旅馆，吃便宜的盒饭。那段日子里，雨下得没完没了，找不到工作而心急如焚的我，每日被雨困在旅馆里，就像热锅上的蚂蚁。苦闷难耐时，我便冒雨走上大街散心。穿行于茫茫人海，走在车水马龙、高楼林立的街道上，不仅内心的寂寞半分未消，还倍感漂泊异乡的孤独。广州的蚊子极为刁钻，白天无影无踪，晚上熄灯后，那令人心悸的"缠绵细语"便不断在耳边萦绕，使我无法入眠。越盼天明却越感长夜漫漫，于是索性起床读书，《徒然草》便是在那时开始读的。

梅雨

遇到一本好书，犹如在春日邂逅一场温润细雨，缠绵中有一丝清新。作者兼好法师对"无常"的深邃思索，以及在自然与人世变迁中感知的"物哀"情趣，使身在逆境中的我产生了强烈的共鸣。特别是在得知《徒然草》中多有吸收庄子思想的痕迹后，我更感与此书有宿命之缘，仿佛是为结识这部古典随笔才踏上天涯孤旅的。南下前，我刚读完《庄子》。《庄子》深奥奇妙，读时犹如雾里看花，我被深深吸引。陶醉在《徒然草》的世界，我一时摆脱了苦闷和倦怠。

　　某日黄昏，在旅馆外卖报的小刘敲开了我的房门。他兴冲冲地将一张报纸递给我，说有一家大型中日合资企业在招聘翻译。自来广州，我每天都在小刘的报亭买报。与我一样，小刘也是从外地到广州寻梦的，由于一直没有找到理想的工作，最后租了报亭卖报谋生。认识他时，他已来广州一年多了。小刘乐观开朗，初次见面，就握着我的手诙谐地说："同是天涯沦落人，相逢何必曾相识。"

　　世事离奇，刻意寻找时，总也寻找不到，未寻找时，却悄然出现。我马上打电话联系那家中日合资企业，对方让我三日后参加面试。也许厌倦了在旅馆苦闷倦怠的日子，那几天，我真有度日如年之感。三日后，我满怀期待地赶到面试现场，却被眼前的一幕震惊不已。招聘的翻译名额只有一个，应聘者却有十几人，面试现场弥漫着紧张而凝重的气氛，仿佛一场没有硝烟的战斗即将开始。从来没有经历过职场激烈竞争的我，暗暗责怪自己：为何放弃舒适安稳的大学工作？然而迈出了这一步，就只能硬着头皮向前闯了。

　　那时手机还未普及，我给公司留下了旅馆房间的电话号码。面试结束后，便一直闭居馆内等待消息。等待，让人焦躁不安、夜不成寐。此时，又是《徒然草》陪伴我度过了那段苦闷倦怠的时光。雨，不停地下着。窗外，雨打芭蕉的声响更添几许孤寂、凄凉。几天后，终于等来了公司的电话。如同当年接到大学录取通知书一般，又是激动人心的时刻，我做梦也没想到自己会是此次竞争的获胜者。欣喜之余，深感在竞争激烈的世界寻梦，须有过硬的本领，须加倍努力。

告别苦闷的旅馆生活，我长长地舒了一口气。临行前，我向小刘致谢，由衷地感激他及时提供信息。若不是小刘，我肯定会错过此次机会，还要继续在旅馆忍受煎熬。想来人生中有很多奇妙的缘，我与小刘虽萍水相逢，陌路相识，彼此也没说几次话，缘，却在我们之间悄然存在。我走了一段路后再回首，见旅馆门前的木棉花在如织的细雨中怒放，高高的木棉树下，小刘还在向我挥手。那一瞬间，我忽然怀念起在旅馆度过的那些苦闷倦怠的时光，感到缠绵的细雨是那么多情。

梅雨时节，我在苦闷倦怠中邂逅《徒然草》，与这部古典随笔结下了隔世之缘。为研究这部作品，大学毕业后第十年，我赴日本京都留学。京都的梅雨季来得比中国南方晚，却是一样的潮湿闷热，一样的缠绵晦涩。于我而言，最难忘的是二〇〇三年的梅雨。那年，突如其来的一场疾病，使我错过了博士课程的入学考试。为准备来年再考，大病初愈，我便四处寻找工作。

随着硕士课程的结束、奖学金申请的截止，我要完全靠打工才能维持生活。在日本，随处可见招工广告，然而，外国人想在日本找到一份称心的工作并非易事。我参加了几场饭店、工厂的面试，都未被录用，于是痛感异国求学的艰难。读博士的大学还未确定，工作又迟迟找不到，闲着的日子便多了起来。

晚春匆匆逝去，梅雨接踵而至。季节的变换让人哀叹，梅雨的缠绵令人苦闷，加上整日闭门不出，极度的倦怠感困扰着我。为打发倦怠的时光，我索性又读起了《庄子》和《徒然草》。两部古书总是在我迷惘时给我暗示，困惑时给我启发，倦怠时激发我的想象。某日，读《庄子·逍遥游》，内心豁然开朗。自留学以来，还不曾有过如此的空闲，何不趁此空闲也做一次逍遥游？

海津大崎位于琵琶湖北岸，以樱花著称，赴日的翌年，我便

梅雨

去那里赏花。时值六百多株大大小小的樱花树迎来最烂漫的时节，长长的湖岸公路淹没在花的海洋中，花团锦簇，游人如织。与沸腾的春日形成鲜明的对照，梅雨时节的海津大崎静悄悄的，除了偶有车辆驶过，几乎不见行人，密集的樱花树、茂密的枝叶将湖岸公路装点得如彩色长廊。行走在公路上，倾听潇潇雨声，眺望烟雨前方，仿佛置身于诗意朦胧、超脱世俗的境地，我感到激情在涌动。寻梦，犹如雨中行路，尽管前方扑朔迷离、缥缈恍惚，却充满无限诱惑。绵绵细雨中，我连续出游。登临比叡山，游天桥立……梅雨时节，自然万物在微雨中时而朦胧，时而清晰，变幻中隐约闪现着迷离苍茫的美，于是我想起了《徒然草》。兼好法师说："变化不定的世界最美。""无常"面前，人总是无奈地哀叹、感慨，然而，"无常"是无法逃避的现实。置身于"无常"，直面"无常"时，人方能静观自己，才会有所超越，体会多彩人生，感悟变化之美。梅雨时节的出游，让我对"无常"有了新的领会，我切身感受到了在多雨的红尘中逍遥游的诗意和浪漫。

也就是在这时，我收到了大阪Ｓ大学关于受理我入学申请的通知，虽还无法确定能否通过，但对处于人生低谷的我来说，犹如暗夜里看到了一束微弱的光亮。两天后，我又接到京都某宾馆的电话，通知我被录用为宾馆清洁工。当时，宾馆招工的面试结束已过数日，因无任何音讯，我早已断念，谁知那已断念的事竟奇迹般地出现了转机，欣喜之余，我又想起了"无常"。"无常"，并不全是令人无奈、使人哀伤的噩耗，有时也会是惊喜。

我又穿上了工作服。自留学以来，每次换打工单位，我都会换上不同颜色、不同样式的工作服，只要留学持续下去，工作服就要穿下去。穿上工作服，生活的节奏便加快了。结束一日的打工和学习，拖着疲惫的身体走在雨中。深夜，静心玩味《庄子》、细读《徒然草》，听着窗外传来的潇潇雨声，孤独、倦怠便在内心徐徐扩散。然而，此时的孤独和倦怠，总有点别样的情趣。孤独中，似乎体会到了庄子的"逍遥"；倦怠中，仿佛感悟到了兼好法师的"徒然"。

列车在夜幕中行驶着，窗外黑黢黢的，雨，在不停地下。躺在卧铺上，我咀嚼着那些如烟往事，不觉进入了梦乡。清晨醒来时，列车正停靠在杭州站，一瞬间，我产生了下车的强烈冲动。回国还不到一年，我已在深秋和严冬两次入杭，加上多年前的暮春之旅，四季中，说来只有夏季未到杭州了。想到这人间天堂在初夏的梅雨季里必然会有别样的情趣，一种难言的激动涌上心头。冥冥之中我觉得与这江南古都的缘分还未尽，感到杭州还在静静地等待着我。心生向往，便无心在无锡停留了，E大学的面试一结束，我便匆匆返回。

梅雨季的雨总是时停时下的。列车驶入杭州站时，窗外又下雨了。我仿佛在热切地等待着雨一样，望着窗外烟雨蒙蒙，内心有说不出的激动。然而，当出租车司机问我去哪里时，我却犹豫了。在杭州，我没有一个熟人，要说最熟悉的，那便是西湖了，于是吩咐司机径直开往西湖。

江南的雨，细柔、多情，恍若梦幻，扑朔迷离。走在柳丝曼舞的湖堤上，眺望烟雨西湖、迷蒙山色，不由得为眼前的风景所陶醉。《庄子》曰："天地有大美而不言。"烟雨中的西湖宛如朦胧的水墨画，恍若缥缈的梦境，沉醉于其中，不觉已近黄昏。当晚，我下榻于湖边旅馆。也许雨中漫步西湖的余兴未尽，我竟然丝毫未感觉到旅途的疲劳，于是索性翻译《徒然草》。深夜，我仍无睡意，便随意浏览了当地高校的招聘信息，偶然发现浙江F学院在招聘外语教师，翌日，打电话咨询，对方得知我正在杭州，便安排了当日的面试。

面试结束，返回长沙不久，广州C大学、无锡E大学和浙江F学院的录用通知便相继而至，我毫不犹豫地选择了杭州。命运似乎早已注定，当初，若不是为消除内心的苦闷和倦怠而踏上江南旅途，若没有对杭州的魂牵梦萦，没有雨中游西湖的闲情逸致，便也没有如此的巧合了。想来梦与缘有着千丝万缕的联系，心中有梦，就会不由自主地找寻，于是也有了缘。

　　江南的雨，缠绵细腻，柔软湿润，诗意浪漫；江南的雨，淅淅沥沥，撩拨人心，惹人愁思，迷离恍惚中让人感到难以言说的美；江南的雨，装点了我的梦。我特别留恋那些飘雨的日子，依恋那些阴湿苦闷、令人倦怠的时光。人在旅途，总伴随着风雨，在追梦者心中，雨，总有一种特殊的情调。

梦中缘

木槿

　　初到陌生的地方，最先面对的是孤独，但对于习惯了孤独的人来说，只要是理想的居所，即使是暂时的，亦犹如栖身的港湾，可以感到孤独的美妙、孤独的情趣。

　　办妥了浙江 F 学院的入职手续后，我便开始租房。七月的杭城，炎暑逼人。某日正午，行走在某住宅小区内的一片园林中时，一株孤独绽放的木槿吸引了我。这里除了木槿，还有很多不知名的树木，枝繁叶茂、郁郁葱葱，炎炎烈日下，透着一抹清凉。我不由得想，若能在这里租到房子就好了。就在此念萌生的瞬间，正对面广告栏上贴着的一张房屋出租启事映入了我的眼帘，出租的房屋就在眼前的公寓楼里。我立刻打电话联系，房东很快赶来，引我上楼看房。

　　出租的房屋是一室一厅，室内家具齐备，适合单人居住，我当即决定租用。让我毫不犹豫地做出决断的，便是公寓前的那株木槿和那片园林。儿时成长的环境无形中影响着我后来的人生。生在树木环绕的幽静家园，长在风景秀丽的清静山村，我对居所的要求近乎苛刻，若非清静之地，或者周围无树木花草，便会觉得生活暗淡无光，毫无情趣。偶然找到称心的居所，恍若圆了一个梦。签完租赁合同后，仿佛那株木槿和那片园林已为我所拥有。从此，每当外出归来，我都会在林中驻足小憩。林中的树木有几种，每种树木有多株，只有木槿最少，仅一株，那株木槿也是那里夏季唯一开花的树，可谓万绿丛中一点红。夏日里，孤独绽放的木槿常使我忆起在京都度过的那些岁月。

在日留学期间，我寄宿于京都山科区西野，考入大阪Ｇ大学攻读博士课程后也未迁出。对那里如此情有独钟，并非只因租金便宜，而是那清静幽雅、闲适惬意的周边环境让我流连忘返，不舍离去。那是犹如世外桃源般的僻静优雅之地，公寓不远处是京都西本愿寺的山科别院，寺院内古木参天，寺院外疏水中的水汩汩流淌，两岸是四季应时的花草树木。别致的小石桥横跨疏水，流水潺潺，与古寺的晨钟暮鼓、鸟儿的婉转啼叫组合成和谐美妙的旋律。曲径通幽处，有一孤立的篱院人家，篱院内，树木成荫、古朴清静。每每经过那里，仿佛总能看到故园的影子，感受到故园的情调，那种感觉清爽又缠绵，美妙且伤感。篱院外有一株花木，平日被周围的高木遮掩，只有夏日方显存在，因为它是那里唯一夏季开花的树。

篱院主人是一位年过花甲的老人，平日深居简出，只有在傍晚，才会看到他在疏水边或寺院外迎着暮色，踏着晚霞，独自漫步，身影颇显孤独。老人总是面无表情，我有时投去微笑，也无回应。出于对那株花木的好奇，某日，我鼓起勇气请教，老人告诉我那是木槿。我在京都居住了七年，那是与老人唯一的对话。七年间，那里的树木皆有不同的变化，有的长高了，有的枝叶增多了，唯独那株木槿，除树干略增粗外，几乎未见其他变化。每到晚秋时节，木槿就被剪掉所有的枝条，本来就形单影只，剪后更显得寂寞、孤零。

我最不忍目睹被剪枝后的光秃秃的树木。故乡的老宅，庭院深深，树木成荫。父亲在世时，每至暮秋，都要对院中的果树做一次外科手术般的疏枝。看惯了从春到夏的花开花落、绿树荫浓，自夏至秋的枝繁叶茂、果实累累，当某日偶然发现那些果树被修剪得枝条稀疏、伤痕斑斑时，生性多愁善感的我便有难言的失落。

我曾质问父亲为何非要给树木剪枝，父亲耐心地解释说剪去多余的枝可使树木的养分集中，利于生长，防御虫蛀。我虽被一时说服，但内心仍隐隐作痛。篱院之家的主人年年将那株木槿修剪得光秃秃，想必也是同样的缘故吧。

然而，随着时间的推移，我逐渐察觉到木槿不同于其他树木。很多树木，若被剪掉枝条，翌年长出的新枝上，只生叶不开花，而木槿不同，即使被剪掉所有枝条，翌年在新枝上也会生叶开花。木槿为落叶灌木，即使不剪枝，树高亦不过几米。未剪枝的木槿叶易被虫蛀，树木缺少生机，花色暗淡。剪枝后的木槿，翌年在新枝上开的花与长出的叶娇嫩可人，这也许就是篱院主人年年剪掉木槿所有枝条的缘由了。不过，我真正了解木槿，缘于读《陶渊明集》。

人生有时很奇妙，本为研究日本古典文学而选择留学的我，没想到在留学期间，竟会投入大量的时间和精力研读中国古典文学。我能对中国古典文学有比较深刻的理解，说来还得益于那几年的留学，也得益于《徒然草》。《徒然草》这部日本古典随笔中，随处可见吸收、消化中国古代文化的痕迹。作者兼好法师将中国的文化元素巧妙地融入自己的作品，这对我后来的随笔创作启示颇多。研究《徒然草》，也让我有机会接触到很多曾经未读的中国古典文学作品。

某日，读《陶渊明集》，偶见《荣木》："采采荣木，结根于兹。晨耀其华，夕已丧之。人生若寄，憔悴有时。静言孔念，中心怅而。采采荣木，于兹托根。繁华朝起，慨暮不存。"荣木，即木槿。此诗以木槿花的朝开暮落，喻人生苦短。我每日都在住所附近遇到那株木槿，却从未察觉木槿花是朝开暮落的，于是惊叹古人细微敏锐的洞察力。后来知道"舜华""舜英"亦指木槿花。

中国古典文学中，木槿花被用来形容少女的娇美容颜，如《诗经》中的"有女同车，颜如舜华""有女同行，颜如舜英"。当得知"朝菌"亦是木槿花的别称时，我不由得想到了《庄子》中的"朝菌不知晦朔，蟪蛄不知春秋"一句。此处"朝菌"是一种菌类，"不知晦朔"，即朝生暮死，此与《陶渊明集》中的"荣木"寓意相同。偏爱《庄子》的我，从此越发体会到中国古典文学的超凡魅力。

然而，被称为一日之花、朝开暮落的木槿花，其实花期很长，自初夏一直持续到晚秋。很多植物在花开时节遇到暴雨狂风，便纷纷凋零，再度花开，只能待到来年。而木槿不同，即使风雨击落了所有的花，翌日还会有更多的花悄然绽放。木槿开花并非都在清晨，有时伴随着晓月悄然盛开，有时随着日出悠然绽放；花落也并非都在日暮时分，有时不待黄昏便匆匆离枝，有时到了深夜才缓缓而谢。不细心观察，很难察觉其变化，甚至误以为还是昨日之花。不以花开而喜，不以花落而悲，在隐逸中进取，在进取中隐逸，以崭新的风姿迎接每一天，木槿的进取精神深深地吸引了我。

在我的人生旅途中，留学，是一次漫长的漂泊，也是一次绝好的修行。留学的岁月里，我习惯了孤独，也喜欢上了孤独。平日里，我总以孤独的目光观察事物，以孤独的心态面对现实。在我看来，篱院外那株孤独的木槿，犹如闲居林泉的隐士，与古寺的静寂、溪水的清流、鸟儿的啼鸣，与孤零的篱院之家、独居篱院的寡言老人都极为和谐，那一带也因此有着浓浓的隐逸情趣。生活在幽静闲适的环境中，我感觉自己也成了隐士，留学生活也多了些飘然超逸的色彩。陶醉在清静幽雅中，便淡忘了现实的冷漠严酷，更能感受到孤独的深邃美妙。

《徒然草》中说："住宅，可反映主人品位。理想的住宅，即便是临时居所，亦别有情趣。"来杭后，自从找到称心的居所，我又与留学时一样，工作之余，以书为伴，以书为友，在书中寻找乐趣，过着孤独清静的生活。孤独最能磨炼意志、陶冶情操，孤独也最能提升能力、提高自我。我是在孤独中邂逅《庄子》和

《徒然草》的，两部古书最适合在孤独时品读，在清静中思索。在孤独、清静中与之对话，才切身感到，无论是庄子，还是兼好法师，都是甘于清静、擅长与孤独交往的人。孤独、清静中细心品读《庄子》和《徒然草》，不知不觉中，便有内心得以平静、灵魂得到升华之感。于是，我学会了与孤独为友。

与孤独为友，孤独便会带来奇妙的文学思路，激发内心细腻的柔情和浪漫。所有的美好记忆，都在孤独中被悄然唤醒。孤独中，黄昏、孤灯、虫鸣都被赋予无尽的诗意，以至望月、听雨都会引发美妙的心动。孤独中，我体会到了兼好法师"独居静心最好"的心境，感悟到了庄子"独与天地精神往来"的境界。

人在孤独中最易接近自然。来到杭州，还未送走炎热的夏暑，我便与公寓旁的那些树木熟识，它们是无患子、栾、杜英。我珍爱这不期而遇的缘分，每日与它们无言接触，默默交心，多了一分对自然的感悟。每日，我晨起于拂晓，散步健身，读书写作。清晨的空气清新舒爽，鸟儿的啼叫清脆悦耳。一钩晓月下，木槿悄然绽放，清新含露，生机盎然，有绝世独立之感，仿佛在向我暗示孤独的美妙，激励着我以崭新的姿态迎接新的一天。

木槿

桂

临近仲秋，每次外出，我都要确认一下桂花是否绽放。然而，期盼的心情越是迫切，桂花越像是在故意捉弄我一般，保持着沉默，迟迟不见萌动。也许今年的桂花比往年开得晚，就在我这样安抚自己的低落情绪时，某日傍晚，走在街道上，一股浓郁的花香和着清风，徐徐飘来。借着路灯，依稀可见路边的桂花树上明明暗暗地浮动着许多小黄花。桂花终于开了，开得那么令人猝不及防，仿佛就在一瞬间。我抑制不住内心的亢奋，翌日便乘火车赶往绍兴，我要去鲁迅故居看桂花。桂花是杭州的市花，在杭城随处可见，然而那次若不去鲁迅故居，心情便难以平静。

我想去鲁迅故居看桂花的心愿由来已久，主要是缘于读鲁迅的散文集《朝花夕拾》。在我的读书履历中，鲁迅的作品算是最早接触的了。家里有一本《朝花夕拾》，我刚记事的时候，就常见父亲在茶余饭后取出来品读。还没上小学的我，也许是出于对读书的好奇，便问父亲这本书里到底写了些什么，父亲当即选了一段读给我听："那是一个我的幼时的夏夜，我躺在一株大桂树下的小板桌上乘凉，祖母摇着芭蕉扇坐在桌旁，给我猜谜，讲故事。忽然，桂树上沙沙地有趾爪的爬搔声，一对闪闪的眼睛在暗中随声而下，使我吃惊，也将祖母讲着的话打断……"

父亲读完后，便让我猜桂花树上的动物。我回答是猫，父亲满意地摸了摸我的头。当时，父亲只是为哄我开心，谁知这在我的内心掀起了不小的波澜。说来令我心动的其实并不是树上的动物，而是那棵桂花树。我曾听父亲说过，桂为月中树，是长生不老的仙树。得知鲁迅家也有桂花树，我便问那是不是仙树。父亲被我的天真逗笑了，说桂花树生南方，月桂确有其名，但月中有桂只是传说而已。我问桂花的颜色和种类，父亲说有金桂、银桂、丹桂等。喜欢花草树木的我，继续追问桂花树是否长得很高很美，父亲苦笑着摇头。从未离开过家乡的父亲自然是没有见过南方的桂花树的。

桂

人往往对没见过的东西怀有好奇心，尤其在懵懂的童年时代。那时，在我的想象中，桂花树就如同传说中的仙树一样美丽、神奇，只是想到它是南方的树，不免有些惘然。对于童年的我来说，南方实在太遥远了。

后来我多次向父亲提起桂花树，也多次问及如何才能去南方。每次父亲的回答都一样，那就是要考上大学。父亲语重心长地对我说，生在穷乡僻壤，将来要出人头地，考大学是唯一的出路。父亲还说，要有"折桂"的抱负，努力学习，长大后考上大学，掌握了本领，就能走南闯北。据说古时科举考试正值桂花飘香时节，故将考取进士喻为"折桂"。也许我想象中的桂花树太美了，初闻"折桂"一词，便深深沉醉其中。人在童年时都爱做梦，就是从那时开始，考大学、去南方便成了我的梦。

童年的梦总是充满无限的诱惑。刚上小学，我便迫不及待地翻看家里的那本旧得发黄的《朝花夕拾》，仿佛书中隐藏着很多令人神往的故事。但对当时的我来说，这些文章过于晦涩，于是缠着父亲，不厌其烦地问。也许我与鲁迅的作品有宿命之缘，小学还没毕业，那本《朝花夕拾》便被我看了好几遍，我最爱读的是《从百草园到三味书屋》，其中的一段话至今还能背诵：

"不必说碧绿的菜畦，光滑的石井栏，高大的皂荚树，紫红的桑椹；也不必说鸣蝉在树叶里长吟，肥胖的黄蜂伏在菜花上，轻捷的叫天子（云雀）忽然从草间直窜向云霄里去了。单是周围的短短的泥墙根一带，就有无限趣味。油蛉在这里低唱，蟋蟀们在这里弹琴……三味书屋后面也有一个园，虽然小，但在那里也可以爬上花坛去折蜡梅花，在地上或桂花树上寻蝉蜕。最好的工作是捉了苍蝇喂蚂蚁，静悄悄地没有声音。……"

每读此段，都有说不出的亲切感，总觉得从中可以找寻自己童年的影子和类似的风景。心弦被不经意地拨动，仿佛在遥远的南方，有一个美丽的梦正静静地等待自己。我暗暗发誓，将来一定要去南方，到鲁迅故居，一睹百草园和三味书屋的风采。喜欢绘画的我，还多次幻想过画出少年鲁迅在夏夜里乘凉的那棵桂花树。童年的梦总是无比美丽，大学毕业后，我远赴长沙就业，就是为圆儿时那青涩而纯真的南方梦。然而，在长沙，我一直无缘遇见桂花，邂逅桂花是留学日本后的事了。

赴日翌年的中秋时节，我应邀去某文化教室教中文。下了电车，徒步行走时，沁人心脾的花香随风阵阵飘来。向过路人打听，方知是"金木犀"。日语中，桂花树的汉字写法为"木犀"，"金木犀"便是金桂。我兴奋不已，顺着花香飘来的方向寻找，当确定花香是发自几株开着细碎黄花的矮木时，不禁大失所望。眼前的桂花树既没有绰约伟岸的风姿，也没有夺目耀眼的美丽，看上去是那么平淡无奇，根本无法与自己梦中期待的桂花树相提并论。梦与现实的巨大反差令我哀叹不已，仿佛就在一瞬间，自童年时代便在心中描绘的美丽、高大、神奇的桂花树消失了。

那年冬季，日本NHK电视节目播放鲁迅系列讲座。或许是对鲁迅作品太熟悉了，节目的任何细节都能引发我对过往经历的怀念。于是，我从大学图书馆借来了日文版的鲁迅作品，闲时细心品读。优秀的作品都经得起重读，那些昔日反复阅读的文章，经过岁月的沉淀，再次品读便宛如品尝存放多年的美酒，回味无穷。也许是因为身在异国，因为那割不断的乡愁，重读《故乡》《雪》等作品，总感觉有一抹清新的花香弥漫于心田。《徒然草》中说：

"学千里马之马，与千里马同类，向舜学习者，与舜志同道合。"过去，对于名人名作，我只是崇拜、欣赏，不敢妄自模仿。而今细心品味鲁迅的作品，感到应以之为榜样，潜心学习，虚心效仿。榜样的力量是无穷的，聆听有关鲁迅的讲座，重读鲁迅的作品，我仿佛找到了研究《徒然草》的最新动力。

时光匆匆流逝，忙碌中又是一年中秋。与上次一样，我应邀去文化教室教中文。与上次一样，又逢桂花飘香。然而，与上次又不一样，那曾令我黯然伤神、让我感到平淡无奇的细碎黄花，此时看上去竟是那么优雅素净、清新动人，浓郁的花香中隐约浮动着难以言说的美。我想起了《朝花夕拾》，想起了少年鲁迅在夏日里乘凉的那棵桂花树。斯人已逝多年，想必那棵桂花树早已长成了参天大树。我抑制不住内心的激动，暗暗发誓：回国后，一定要在桂花飘香的季节探访鲁迅故居，一睹那棵桂花树的风采。

然而，如今的鲁迅故居，《朝花夕拾》中提到的那棵桂花树早已不复存在，桂花明堂的桂花树，据说是鲁迅去世多年后补种的。伫立在桂花树前，脑海中又浮现出《朝花夕拾》中的那棵桂花树和少年鲁迅躺在树下听祖母讲故事的情景，不禁感叹万物的"无常"。世间没有永不凋谢的花，也没有永不枯衰的树，传说中的月桂长生不老，不过是人们的美好愿望而已。

走进鲁迅故居的深深庭院，伫立在散发着书香的三味书屋前，漫步在绿茵茵的百草园中，仿佛经年的时光在静静地流逝。我在脑海中极力构想着少年鲁迅在这里学习、玩耍的情景，耳边仿佛传来了琅琅的读书声、油蛉的低唱和蟋蟀的琴声。此情此景也勾起了我对童年的美好回忆，让我内心泛起淡淡的忧伤。少年时代，我是读了《朝花夕拾》才对鲁迅作品产生兴趣的。昔日反复阅读鲁迅作品的经历，如今为研究《徒然草》提供了绝好启示，"桂"便是典型一例。《徒然草》中，兼好法师两次提及"桂"。我曾一直以为，日语汉字为"桂"的植物，必是桂花树无疑了，后来才

桂

知是名叫连香树的落叶乔木。

自古以来，桂花深受文人墨客的青睐，宋之问在《灵隐寺》中咏道："桂子月中落，天香云外飘。"不知是被此诗的优美所吸引，还是游鲁迅故居的余兴未消，从绍兴返回杭州的第三天，我又去了灵隐寺。清秋的山寺，到处弥漫着桂子的芬芳，走在桂子的飘香中，忽闻身边有游客说："我不太喜欢桂花香，太浓，太烈，倒是更喜欢桂花酒和桂花点心。"他的话让我猛然想起《庄子》中的一段话："桂可食，故伐之；漆可用，故割之。人皆知有用之用，而莫知无用之用也。"庄子以桂为例，揭示世俗之人只关心"有用之用"，而忽略了"无用之用"。我终于明白，桂花的魅力就在于其芳香，而这芳香要用空灵的心去感悟。

自来杭州，我连续三年在桂花飘香的季节走访了鲁迅故居。时光缓缓流逝中，漫步在历经沧桑的幽深庭院，总想起《朝花夕拾》，仿佛书中提到的那棵桂花树还在静静地散发着芳香，耳边又响起鲁迅的名言："其实地上本没有路，走的人多了，也便成了路。"桂花树与许多花木不同，即使不见其身影，也能从弥漫的花香中感受其存在。桂花的隐逸性情，使其芳香更加充满神奇和诱惑。

桂花的花期很短，中秋时节绽放，随着月亮由盈转亏，不久便匆匆落英，若遇风雨，则一夜间落尽。然桂花香却仿佛超越了时空，伴随着清风，徐徐飘散，沁人心脾。桂花飘香中，我总想起《庄子》《徒然草》，想起《朝花夕拾》。优秀的作品之所以超越时空，深受人们喜爱，经久耐读，就是因为作品的芳香深入人心，如润物无声的春雨，如清凉柔和的清风。

梦中缘

梧桐

　　又是一个梧桐落叶的季节。走在杭州北山路西子湖畔，雨水浸湿的地面上，到处是梧桐枯黄的落叶。就在几天前，它们还在安然地点缀着枝条，我还在感叹金秋时节的美丽，怎知一场秋雨之后，竟如此落叶缤纷、满目萧索。时光流逝、季节变换，使万物无常。目睹梧桐叶在雨中悄然离枝，匆匆飘落，不经意间，那首铭刻于心的古诗便又脱口而出："少年易老学难成，一寸光阴不可轻。未觉池塘春草梦，阶前梧叶已秋声。"于是史女士的音容笑貌又浮现在眼前。

　　一九八六年，于我而言，是极不寻常的一年。那年，我考上了哈尔滨H大学，圆了多年的梦。新生九月初入学，因路途遥远，我原打算提前几日出发，不料那几日连降大雨，无法动身。老家地处偏远山村，那时交通不便，连公交车都不通，最近的火车站离家也有二十多公里，中途还要翻越几座大山，且山路崎岖，一下雨便泥泞难行，我只好推迟出发，准备待雨后动身。无奈秋雨连绵，久不见晴，只好冒雨启程。那是我有生以来第一次远行，哥哥非要送我到车站。

　　雨，像发了疯似的不停地下着。崎岖泥泞的山路上，我和哥哥背着行囊，深一脚浅一脚地艰难行走。斜织的雨中，伞早已变得多余，两人浑身湿透，冰冷的雨水顺着面颊直淌。走了整整一个上午，总算赶到了车站，哥哥刚替我托运完行李，便传来了列车进站的汽笛声。列车在小站只停几分钟，我刚上车，就徐徐开动了。站台旁有一棵枝繁叶茂的梧桐树，哥哥站在树下向我挥手，但很快被远远甩在后面。我从列车的窗口探出头，目送着哥哥，直到他的身影消失在烟雨中。

我落下车窗，转过身时，与坐在对面的一位中年女士目光相遇，她正拭着泪静静地看着我。车内乘客稀少，很多座位空着。被雨水淋得浑身湿透的我，感觉坐着难受，便索性站在过道边。中年女士好心劝我换上干净的衣服，以防着凉感冒。我告诉她衣服放在行李中，未来得及取出便托运走了。中年女士听了，不由分说，马上起身，取下行李架上的行李箱，找出一条崭新的毛巾递给我。

我连忙推辞。第一次远行，离家时，父母反复嘱咐，路上不要与陌生人说话，不要接受陌生人的东西。中年女士又重复了一遍刚才说的话，见她一片诚意，我也不好再回绝，诚惶诚恐地接过毛巾，走向车内的洗漱间。被雨淋了整整一个上午的身体，用柔软干松的毛巾擦拭后，顿时舒爽多了。

返回原处，我向中年女士道谢。她问我为何选择如此雨天出行，我如实做了回答。中年女士为乡下糟糕的交通而叹息，为我克服种种困难考上大学而喜悦。她的话触动了我内心的酸楚，为了走出家乡的大山，为了到外面的世界寻找梦中的风景，我不知经历了多少风雨，经受了多少磨难。

中年女士姓史，家住沈阳，几天前回老家探亲，现在返回。史女士问刚才前来送行的是不是哥哥，我点了点头。她说看到哥哥在梧桐树下向我挥手的情景，就想起了她自己的学生时代。与我一样，史女士也出生于偏僻山村；与我不同，她从小就失去了父母，是在哥哥背上长大的。因家境贫寒，哥哥为供她读书，一直没成家。她家乡的小车站，也有一棵梧桐树。她上大学后，每当寒暑假回家，哥哥都早早来到车站，在梧桐树下等候；返校时，哥哥又在梧桐树下目送。听了史女士的身世，我才明白她刚才为何流泪，于是脑海中又浮现出哥哥背着行李、冒着瓢泼大雨行进在泥泞山路上的情景，想起哥哥在梧桐树下向我频频挥手的那一幕。

哥哥和我一样，也从小做着大学梦，也曾为梦想而发奋苦学，然而哥哥的大学梦却未如愿。我读初中时，农村实行家庭联产承包责任制，家里分到了很多田。因母亲常年体弱多病，父亲一人难以支撑繁重的田间劳动任务，哥哥上高中后不久便辍学了。自我记事时起，只要家中有事，哥哥总是挺身而出。也许对此我已习以为常，当时，我没有太在意哥哥的辍学，直到考上大学，见他在由衷地为我高兴之余，感叹自己与大学无缘时，才恍然明白自己的大学梦是以牺牲哥哥的大学梦为代价的。"有一个好哥哥真好！"听了我的诉说，史女士拭泪感叹。一路上，"哥哥"成了我和史女士谈论的中心话题，这个话题在素不相识的两人之间引发了强烈共鸣。虽是初次远行，但我丝毫未感到旅途的孤寂。

列车到达终点站沈阳北站时，已过夜里十点。去往哈尔滨，还要乘市内公交车到火车南站。初次远行，初次到大都市，雨夜里闪耀的五光十色的霓虹灯使我眼花缭乱、惶惶不安。本该从北站回家的史女士，看出了我的困惑，担心我会迷路，非要送我到南站。从北站到南站很远，中途要换乘几次车，夜里又下着大雨，史女士的热情善良，让我感动得不知说什么才好。

在史女士的带领下，我顺利地到达南站，然而，史女士却因家远离南站，夜间的公交车停运而不能回家了。我急得不知所措，但史女士不以为意，说在车站候车室休息一晚，翌日清晨回家便可。史女士越是劝慰，我越是感觉过意不去。我们进候车室坐下后，史女士将一支崭新的钢笔赠送给我，鼓励我珍惜大学的美好时光，努力学习。我对史女士的一路关照感激不已，接过钢笔的瞬间，泪水止不住地流了下来。史女士也落泪了，她提到了自己的儿子。

原来史女士的儿子与我同岁，那年也参加了高考，但未考上。

梧桐

因学习不努力，孩子已无意再读，史女士为此操碎了心。看着史女士的愁容，我一时不知如何安慰，于是想起了母亲。出行的前夜，雨一直未停，母亲也几乎一夜未眠。在灯下穿针引线，为我细心打点行装；在厨房切菜和面，为我精心准备早餐；出发时，千叮万嘱；我已走远，还在雨中守望。我不由得暗自感叹：可怜天下父母心。

　　开始检票了，我与史女士洒泪告别。涌动的人潮中，回首望见史女士频频挥手的瞬间，脑海中浮现出一棵高大美丽的梧桐树。一路上，我的心没有平静，想到史女士将要在车站度过一个不眠之夜，泪水便扑簌簌地落下来。萍水相逢也是前世之缘，与史女士陌路相识，我感受到了人世间最淳朴、最真挚的爱。这次结识为我即将开始的大学生活增添了一份别样的美丽，也给我的人生留下了一段美好的回忆。列车急速奔驰在广袤的东北大地上，窗外是黝黑的世界。雨，还在不停地下着。此时，我感到夜是那么温馨，雨是那么富有情趣。

　　入学的第一天，我给史女士寄出了感谢信，没想到几天后便收到了回信。信中，史女士为我将要在大学度过人生中最美好的四年时光表示祝福，并回顾了自己上大学时的情景，再次提到故乡小车站的那棵梧桐树和在梧桐树下目送自己的哥哥，告诉我从她入学的那天起，那棵梧桐树便成了一道美丽的心象风景，激励着她不蹉跎青春年华，发奋努力。信中，史女士反复提及"时光""光阴"，末尾还引用了古诗："少年易老学难成，一寸光阴不可轻。未觉池塘春草梦，阶前梧叶已秋声。"刚从高考硝烟中走出来的我，本想上大学后放松一下，然而读了史女士的来信，看了那首古诗，刚要松弛下来的心弦又绷紧了。

　　在那个还没有互联网的年代，书信是主要的通信手段。无论是在教室还是在宿舍，每天都能看到同学们伏案疾书的身影。写信、盼信、读信成了大家业余生活的一部分。我特别喜欢给史女士写信，也特别爱读史女士的来信。史女士知识渊博，文采飞扬，那洋溢在文字间的慈母般的爱，读来总让我心潮澎湃。刚上大学时，我踌躇满志，除了本专业，还自学英语、读古典、习书画，无奈时光匆匆，每日的学习计划总不能如期完成，于是，向史女士倾诉了内心的苦恼。

史女士在来信中引用了庄子的名言："吾生也有涯，而知也无涯。以有涯随无涯，殆已！"告诉我人的精力有限，而知识无限。大学四年，倏忽将逝，史女士嘱咐我要分清主次，潜心学好专业。还有一次，我提到了南方梦，史女士称赞我有远大志向，又引用了《庄子》中的一段："且夫水之积也不厚，则其负大舟也无力。覆杯水于坳堂之上，则芥为之舟；置杯焉则胶，水浅而舟大也。风之积也不厚，则其负大翼也无力，故九万里则风斯在下矣，而后乃今培风。背负青天而莫之夭阏者，而后乃今将图南。"暗示实现远大梦想，要有过硬的本领。

大学时代，我与史女士常有书信来往，却一直无缘重逢。史女士的儿子高考落榜后经商，因好大喜功，赔掉了家中所有积蓄，还欠下了外债，让史女士伤透了心。每年，我寒暑假回家，途经沈阳时，都很想顺路去看望史女士，但考虑到史女士的复杂心情，每次都无奈放弃。每次在沈阳南站候车时，我都会到曾经与史女士坐过的地方看看。坐在那里，便会忆起昔日那一段短暂而难忘的时光，回味那一幕激动人心的送别，于是脑海中又浮现出一棵高大美丽的梧桐树。

人生无常，大学毕业后，我如愿以偿地圆了儿时以来的南方梦，却又在南方为梦而深陷迷茫，邂逅《庄子》便是在那段迷茫的日子里。读《庄子》，方知曾经耳熟能详的很多名言警句、寓言故事皆出自此书，于是想起了史女士曾在信中引用的《庄子》名言，想起了梧桐。《庄子》中也提到梧桐："夫鹓鶵，发于南海而飞于北海，非梧桐不止。"此言意为高贵的鸟非高贵的树不落，暗示了庄子的傲骨和远大抱负，寓意要实现抱负就不能流于世俗。我从失意中重新振作起来，给史女士写了一封长信，然迟迟未见

梧桐

回音，几次联系，方知史女士已因病离世。

都说好人一生平安，有缘还会重逢，然而在"无常"面前，有些缘只有一次。我沉浸在巨大的悲痛中。南方多梧桐，深秋孤夜，倾听雨击梧桐叶时发出的凄婉哀怨的声响，目睹风卷梧桐落叶时肃杀凄凉的景象，不禁潸然泪下。我第一次感到梧桐落叶竟是如此惊心，这般惹人悲伤。

在日留学期间，我住在京都山科区西野，那一带也有很多高大的梧桐树。夏日里，当我走在葱郁斑驳的梧桐树下，感受那舒爽的阴凉时，总会情不自禁地想起史女士。晚秋斜阳下的梧桐落叶，美得让人想落泪。目睹无声飘落的梧桐叶，想到今生今世再也见不到史女士，一种难以言说的悲伤涌上心头。整理身边物品，偶尔翻阅那些长年积存的书信，看到史女士的笔迹，便沉浸在深深的追忆中。《徒然草》中说："即使是在世人写的信，多年后重读，亦会引发无限感慨，何况是永别者？"斯人已逝，那些书信成了珍贵的纪念，闲来细细品读，耳边总响起史女士亲切感人的声音，眼前总浮现出高大美丽的梧桐树。

西子湖畔的北山路一带，是梧桐最多、最美的地方。自来杭州，每次游西湖，我都经过那里。走在高大浓密的梧桐树下，感叹时光飞速流逝的同时，又深感时光的无限美好。岁月无情，许多过往的人和事在斗转星移中被冲淡；岁月亦有情，它会让那些留存在内心深处的记忆在飞逝的光阴中沉淀，越发清晰难忘。想来缘是人生中最美的相遇，我与史女士仅一面之缘，却时时想起，永远难忘。在我心中，史女士宛如梧桐，已成为我生命中注定的风景、永恒的美丽。秋雨中看梧桐落叶，总想起史女士的音容笑貌，想起那首熟悉的古诗……

银杏

　　十一月的江南，秋色正浓，而给江南秋色以浓墨重彩的是那平素最不显眼的银杏树。看着银杏树，我总想起家乡的杨树。银杏树不同于杨树，银杏叶呈心形，杨树叶为卵状；银杏雌雄分明，杨树雌雄难辨。然而比较而言，相似的地方更多，严冬凛然直挺的寒枝，暖春沁人心脾的新绿，夏日树影婆娑的风姿，暮秋金灿耀眼的黄叶，远看近看又是那么相像。

　　杨树，在北方是非常普通的一种树，我的故乡尤其多。岭上山下、田边河畔、沙滩荒地、门前屋后，随处可见。也许太多、太普通、太熟悉，杨树从未引起我的注意。小时候喜欢绘画，偏爱花草树木，但从没想过画杨树。我开始感到杨树的美丽和魅力，开始画杨树，是上了大学以后的事了。

　　仲春的某个傍晚，我突然收到家里"父病危，速归"的加急电报。那时，电报是最快捷的通信手段，但收费高，除非急事，平日很少使用。突如其来的加急电报使我骤生不祥之感，心想若不马上赶回家，恐怕就见不到父亲了，于是，连夜乘火车往回赶。当时，寒假结束返校还不到一个月。

　　父亲是植树时病倒的。每年的清明节前后，父亲都要植很多树。听母亲说，那天过了晌午仍不见父亲回家，便到门前的杨树林中寻找，结果发现父亲倒在地上，已不省人事了。送到乡里医院，诊断结果为脑血栓。当时父亲的病情非常严重，医生吩咐家人准备后事，于是哥哥发电报催我和弟弟回家。

记忆中的父亲，从未生过大病，平时感冒伤风，连药都不吃。父亲的养生论是，如果不吃药也能挺过去，就最好不吃。然而那次病倒，父亲却完全依靠药力维持。平日里身强体壮的人，生病时也会脆弱不堪，我还是第一次看到父亲抱病的样子。那几年，患脑血栓的病人很多，我们村里，患此病离世的已有几人，且年龄都与父亲不相上下，所以，父亲的病让全家人提心吊胆。我不忍看父亲那面部浮肿、精神恍惚、终日卧床不起的样子，不忍目睹木工们在家院的一角为父亲赶制棺椁的忙碌情景，多少次躲到杨树林中悄悄地落泪。

我家大门前有一片宽阔的杨树林，那是父亲多年苦心经营的梦。自我记事起，父亲的身影就从未离开过那片杨树林，尤其是到了一年一度的植树季节。时值春耕，农事繁忙，白日里，父亲劳作在田间，夜晚，披星戴月地植树。父亲规定每天要植多少树且必须植完才休息，哪怕是刮风下雨也不耽搁，甚至饭前饭后的一点儿空闲也不放过。父亲常说的一句话是："今天的事不能拖到明天，明天还有明天的事。"父亲植树不止，几十年如一日，门前的那片杨树林的面积逐年扩大，我上高中时，已扩展到南山脚下的小河边了。

春季的内蒙古多风沙，风沙来临之际，整个天空弥漫着黄色沙尘，一片昏暗的世界。疾风卷起沙尘，不管田间农舍、山坡沟壑，肆意横行。我在家的那些日子，正是风沙最疯狂时。目睹杨树奋力抵抗风沙的情景，我恍然明白了为何父亲从未间断过植树，也第一次意识到杨树的顽强，感受到杨树的魅力。

也许是父亲的生命力太强了，连医生都放弃希望的疾病，十几天后，竟奇迹般地出现了好转。尽管反应迟钝，变得沉默寡言，但总算可以下地走路了。看着与死神擦肩而过的父亲，全家人都如释重负，于是妈妈催促我和弟弟返校。

离家的那天，肆虐多日的风沙停了，黎明时分的一场温润春雨把天空和树木冲洗得一尘不染、清澈明净。我伫立在家对面的山坡上，俯瞰家乡的小山村。蓝天白云下，小山村宛如一幅秀丽的山水画，杨树初绿的清新给山村增添了令人恍然如醉的情趣。此时，我才切身感到家乡的秀美与杨树分不开，才知道杨树的美丽。那年，学校举办业余美术作品展，我画的一幅题为《家乡的杨树》的山水画获奖了，那是我第一次画杨树。

大学毕业后，我寻梦南下，就职于中南古城长沙某高校。因路途遥远，每年只在暑假期间回乡探亲。每次回去，都感觉故乡在悄然发生着变化。昔日崎岖不平、印着深深车辙的山道，如今已变成宽阔平坦的柏油公路。驴车、马车销声匿迹，客车、卡车、摩托车来来往往。到处是红砖瓦房，如果不是随处可见的杨树，我还真怀疑这是不是养育过我的故乡。

然而每次走进老宅，却又有一种说不出的伤感。老宅依旧是昔日的景象，过去的土墙土房、辘轳老井、田园菜窖、褪了色的饭桌、木盖暖壶……要说变化，就是门前的杨树变高了、变多了，父母变得越来越老了。人老了，情感也变得脆弱。每次回家，父亲总是未开口便老泪纵横，握着我的手久久不放。

让老宅的周围看不到荒漠，是父亲一直以来的梦。为圆此梦，父亲年年植树。过去是春天植，后来夏季也栽。过度劳累会使旧病复发，医生如此反复提醒，母亲也苦口婆心地劝说，然而，父亲决定要做的事从不动摇，尽管口上答应着，却还是不停地植树。在荒野空地上，父亲挖了很多纵横交错的壕沟，将截断的杨树枝栽入沟内。杨树的生命力极强，截断的树枝，直插能发芽，横放也能生根，说来父亲的秉性与杨树极为相似。

父亲一天也离不开杨树。即使不植树，每天也要在清晨或傍晚、饭前或饭后在杨树林中走一走、转一转。父亲与杨树有着深厚的情缘，仿佛每一棵杨树都可以和他对话，传递心声。某日清晨，我在门前散步时，看见父亲反剪着手静立于林间。清晨的杨树林笼罩着薄薄的白雾，鸟儿清脆的鸣叫声使林中越发幽静。那一刻，我仿佛看到了父亲内心深处的凝重思索，感到父亲与杨树已融为一体，构成了一幅古朴淡雅的风景画。

然而，父亲的旧病还是复发了，那是我大学毕业后的第六年。那年，我辞离了长沙的高校，就职于广州的外企。广州远离家乡，加上外企没有长假，不能像以往那样暑假里回乡探亲，但那年我还是回家了，因为收到了父亲病危的急电。那是至今经历的最漫长的列车之旅，从广州到内蒙古老家，整整用了三天。回到家，看到半身瘫痪、卧床不起的父亲，想到就在一年前他还在埋头植树，于是深感人生无常。父亲用微弱的目光凝视了我许久才安然入睡，从那天起，父亲勉强维持了一周的生命。那一周里，我和家人不分昼夜地陪在父亲身边。

一个无风的黄昏，我推着父亲走进门前的杨树林。父亲一生梦系杨树，想必在有生之日渴望再到杨树林中转一转，再看一眼自己亲手栽植的那些杨树。时值清秋，杨树金灿灿的黄叶在夕阳的照射下显得格外耀眼。林中听不见鸟儿的鸣叫，静悄悄的，偶尔传来枯叶脱离树枝时轻轻飘落的声响。

父亲默默地看着周围的每一棵杨树，眼神中流露出对杨树的无限深情。我曾多次听父亲说过，清秋的杨树在太阳快落山时看最美。然而此时目睹夕阳下的杨树，我心中涌起的是无尽的悲伤。古诗云："夕阳无限好，只是近黄昏。"看到心力交瘁的父亲，我对这句古诗的含义尤有切身之感。想到不久那金灿灿的杨树叶就要全部凋落，我的眼泪便扑簌簌地落下来。几天以后，父亲就永远离开了我们。

南方多银杏，晚秋的银杏树看上去极像家乡的杨树，有几次，我竟误认为是杨树，以至后来看到银杏树就想起杨树。想到杨树，自然就想起父亲，脑海中便浮现出父亲埋头植树的身影，浮现出不同季节里父亲在杨树林中的剪影。热切的渴望和辛勤的汗水可让荒漠变为绿洲，父亲以一生不懈的努力，留下了大片的杨树林，它成了我宝贵的精神财富，暗示着追梦需执着。

前人种树，后人乘凉。在父亲用辛勤的汗水培育的那一片杨树林里，我无拘无束地成长，度过了愉快而多梦的童年。杨树林哺育了我的自然情感，滋养了我的隐逸闲情，也成了我寄梦文学的土壤。大学毕业后，我未再拾起画笔，然而美丽的风景并非只有画笔才能描绘，美丽的风景也可以用文字描绘、用心欣赏。

用心欣赏，就会感悟到在曾经熟悉的风景中，其实还隐藏着很多未曾察觉的、深沉的美。我感悟到杨树那深沉的美是多年之后在日本留学时，与银杏有着千丝万缕的联系。暮秋的岛国，到处是红叶，红叶正红时，也是银杏最美时。我喜欢看在清澈的蓝天、洁净的白云下笔直挺拔、金灿耀眼的银杏树，喜欢站在银杏树下倾听熟透的银杏果落地的声音。我寄宿的京都山科的公寓附近有西本愿寺别院，院内有两株树龄达几百年的银杏树。因为特别高大，出入公寓，它们总会映入眼帘。看到银杏树，自然想起家乡的杨树，想起父亲……

在故乡的小山村，过去断文识字的人很少，父亲是特殊的存在。父亲擅诗文、书法，闲时喜欢舞文弄墨。村里的红白喜事，只要是与写有关的，都少不了父亲。春节，各家贴的对联，也多出自父亲之手。父亲写对联时，我在旁边研墨。看着父亲下笔如有神，总是发自内心地感叹。父亲的才华，除了天赋，多是后天努力所得。父亲一生勤劳笃学，晴耕雨读。村里人都说他怀才不遇，终身不得志，一辈子没走出小山村，我也曾这样想，后来读《庄子》才改变了看法。

《庄子》曰："乐全之谓得志。"快乐地保全天性就是得志。父亲把绿化家园作为毕生的梦，以此为乐，为此锲而不舍，培植了大片的杨树林，用行动诠释了梦并非都在远方。"今天的事不能拖到明天，明天还有明天的事。"小时候，我对父亲常说的这句话总是置若罔闻，长大后才领悟到其中蕴含的哲理，也为我理解《庄子》和《徒然草》提供了极好的启示。

《徒然草》中说："学道者，到了傍晚，便想还有翌日清晨；

银杏

到了翌日清晨，便想还有傍晚，总认为努力不在乎一朝一夕。如此很难察觉惰心，何况瞬间？决定做某事而迅速付诸行动，绝非易事。"圆梦非一朝一夕的努力就行，而要圆梦，却不能忽略一朝一夕的努力。岁月无垠，人生有限，珍惜有限生命中的一朝一夕、分分秒秒，才不会让似水年华匆匆流逝。

　　江南的暮秋，色彩缤纷，绚丽多姿，离不开银杏树的美。对银杏树而言，秋天就是梦。为圆此梦，银杏树从冬到春，自夏至秋，朴实无华，默默无闻，从不与百花争艳。然而，深秋的银杏树之美却令百花逊色。天高云淡的午后，走在被季节熏染的银杏树下，总让我产生一种错觉，仿佛徜徉在家乡秋季金色耀眼的杨树林中。于是我哼起老歌《垄上行》："我从垄上走过，垄上一片秋色，枝头树叶金黄，风来声瑟瑟，仿佛为季节讴歌……我从垄上走过，心中装满秋色，若是有你同行，你会陪伴我，重温往日的欢乐。"深情的曲调，总引发人淡淡的感伤，牵动浓浓的乡愁。在我心中，银杏树就是家乡的杨树。暮秋的银杏树，向我警示生命易老，秋光易逝；向我暗示追梦须执着，以有限的生命寻梦于"无常"中，就要克服不断滋生的懒惰，努力做到今天的事不拖到明天。

樱花

  怎么也没想到会在杭州看到樱花。仲春的某日黄昏，我在住所附近的小公园里散步时，眼前忽现一片如云霞般绚烂的樱花，一瞬间，恍若身在京都。惊喜之余，不由得想起初遇樱花时的情景，自然也想到了杏花。

  二〇〇一年三月中旬，当我接到京都 M 大学的研究生录取通知书时，古都的樱花正含苞待放。严冬后迎来的暖春，总让人感到难以言说的兴奋，特别是对从未见过樱花的我来说，真有一日游遍古都的冲动。兴奋和喜悦中，我收到了来自故乡的信，那是隔了很久的家书。

  老家在内蒙古偏远的山村，那时连电话也没有，与外界联系全靠书信。然而母亲识字少，父亲去世以后，我收到的家信也少了。为此，母亲曾特意嘱咐过我，没有信，就认为一切都好，有急事时，自然会与我联系。偶然收到家信，我脑海中有一种不祥之感。

  信，是弟弟写的，他告诉我一个做梦也没想到的消息：母亲病逝了。弟弟说，我赴日本留学的那年，母亲一直身体欠佳，终于在某日卧床不起了，诊断的结果是肺癌晚期。那时，家里刚收到我的信。信中，我告诉家人，因忙于考研，春节期间不能回家了。为不影响我的学业，母亲没让家人将自己生病一事告诉我，谁知病情日益加重，春节过后不久便离世了。家人依照母亲的临终嘱托，没有马上通知我。当我收到弟弟的来信时，母亲离开人世已有两个月了。

突如其来的噩耗，犹如晴天霹雳。世上再也没有比失去母亲更让人感到撕心裂肺的事了，而不能为母亲送终的悔恨更是难以用语言表述。当时，我在一家中餐馆打工。收到弟弟来信的那天，上班时想起了母亲，眼泪禁不住又滚落下来，于是，手里的托盘失去了平衡，碗碟滑落在地，破碎声惊动了在场的所有客人。

就在我陷入极度悲痛中时，古都的樱花悄然绽放，我寄宿的公寓周围开满了叫染井吉野的樱花，那是我第一次看樱花。我吃惊地发现吉野樱花与杏花一样，含苞时花瓣为红，随着满开渐次变白，连花形、大小，甚至花姿都极像杏花。想到四月的故乡正值杏花飘香的时节，眼前便浮现出老宅庭院的那三棵杏树。

北方的冬季漫长寒冷，人们对春天的期盼尤为强烈。在故乡，作为春天的象征，有暖风拂面、冰河融化、燕子归来，而最具北方特色的春的信息则是杏花的含苞待放。在广漠的内蒙古高原，当万物还没有完全从严冬中苏醒过来的时候，悄然绽放的杏花给人们带来了春天的喜悦。

在北方，疾病多发于严冬，对老弱多病的人来说，严冬，无疑是最可怕的。母亲一生经历过三次儿女夭折，接连不断的生育和操持家务的劳累，严重摧残了母亲的身体。在我刚记事的时候，母亲就患有胃病，身体虚弱，每年冬季总有一段被疾病困扰的日子，因此，冬寒的结束，对母亲而言，就像躲过了一场可怕的瘟疫。正因为如此，报春的杏花，总让母亲感到无限的欣慰。

母亲长年体弱多病，却极为坚强。母亲的坚强表现在她的微笑中，于我而言，没有什么比母亲的微笑更能令我感到欣慰的了。母亲一生勤劳，每日清晨，闻鸡鸣起床，即使疾病缠身，也从不改早起的习惯。母亲一生未出过远门，每日守着家里的方寸之地，相夫教子，煮饭洗衣，喂养家畜，管理菜园，勤俭持家。母亲做事干净利落，总是将家里收拾得整整齐齐。我家的庭院有两个篮球场那么大，母亲早晚分别清扫一次。院内果树成荫，其中杏树有三棵。每至仲春，满院都是飘香的杏花。杏花开放的时节，母亲清扫的次数就更多了。母亲总是说，美丽的花应开在清洁的地方，花开的地方不清洁，再美的花看上去也不美。少年时代，我常在母亲打扫干净的杏花树下读书、荡秋千。杏花树下，留下了我太多童年的笑声和读书声。

母亲天资聪慧，心灵手巧，绘画、剪纸、唱民歌，样样擅长。母亲还常吟诵苏轼的《春宵》，那是母亲唯一熟悉的古诗。"春宵一刻值千金，花有清香月有阴。歌管楼台声细细，秋千院落夜沉沉。"母亲未上过学，识字少。平时说蒙古语，汉语讲得不好，然而对《春宵》这首诗却倒背如流。或许是春夜、花香都让母亲动心、陶醉的缘故吧。"春宵一刻值千金"几乎成了母亲的口头禅，也是她平日开导我们时用得最多的一句。母亲曾说，季节的春日年复一年，周而复始，而人生的春日逝去便不再重来，告诫我们切莫虚度美好的青春年华，要努力学习。常言道：耳濡目染，不学以能。常听母亲吟诵，常闻母亲教诲，不知不觉中，我也能背诵《春宵》了，那是我最早背下的，也是最喜欢的一首古诗。

北国的料峭春寒中，杏花次第开放，可惜花期太短，遇到狂风冷雨，一夜间便匆匆落英。花褪残红青杏小，目睹养育幼小杏果的花随风凋谢，似雪飘落，我不由得感叹生命的脆弱，联想到母子的永别。与花开时一样，落花时节，母亲也常停下手中的活儿，痴痴地看着缤纷的落英微笑。然而，与花开时又不一样，此时，母亲的微笑看上去总是隐约闪现着一丝惆怅和无奈，带着几分凄凉和哀伤。花开花落中，母亲的面容所流露出的复杂微笑，在我内心留下了深深的烙印。

考上大学后，我就再没看过家乡的杏花了。寒假结束返校时，严冬刚刚离去，万物还没有从冬眠中苏醒过来。大学毕业后，我在离家千里之外的中南古城长沙就业，每年只在夏季回老家一趟，

樱花

所以总是错过家乡杏花开放的时节。无论相聚还是离别，母亲总是一如既往地面带微笑。母亲的微笑有时是一种隐忍，如果说久别重逢时的微笑充满了喜悦，那么离别时的微笑就是为了宽慰我，不给远行的我增添悲伤。村口、林边、雨中……那些令人伤感的守望和别离的情景，都清晰地印在我的记忆深处，唯独没有看到杏花。相聚短暂，离别漫长，母亲一生守在老宅，用微笑遮住思念。年复一年，看花开花落，无时不牵挂着远方的我。

人们被自然风景所吸引，总是单纯地沉迷于它的美丽。一旦自然美化作某种情感，那种情感便会刻骨铭心。看樱花，我恍然懂得了什么是"无常"。有时，樱花开得正好，但若突然遭遇风雨的无情摧残，留给看花人的只能是无尽的感伤。看樱花，我似乎理解了母亲的心。杏花时节，母亲总是面带微笑，那微笑不仅是对杏花美的感动，也是对人生无常的感悟。今年，故乡的杏花依然会像往年一样迎春绽放，如往年一样满园飘香，然而在那默默芬芳的杏花树下，再也不能像往昔那样看到母亲的身影、看到母亲的微笑了。睹物思人，心中涌起无限的悲伤。都说秋季让人伤感，其实春天又何尝不令人悲哀呢？

那年春天，汗儿进了幼儿园。某日，我从国外给家里打电话，汗儿把在幼儿园学的儿歌唱给我听："世上只有妈妈好，有妈的孩子像块宝，投进妈妈的怀抱，幸福享不了……"听着汗儿纯真稚嫩的歌声，我的泪水夺眶而出。《徒然草》中说："即使不孝之人，有了子女，亦会体察父母心。"想到母亲对我无微不至的爱，又不由得想起杏花。在我心中，母亲就像杏花一样美，也像杏花一样过早地凋谢了，将无尽的哀伤美永远留给了我。

暮春时节的京都，到处是璀璨夺目的樱花。平安神宫的红枝垂樱、仁和寺的御室樱、醍醐寺的八重樱等负有盛名。即使是同一种樱花，地点不同，开谢的时期也不尽相同。京都市内的樱花谢后，我去了海津大崎。海津大崎位于琵琶湖北岸，由于气温偏低，那里的樱花比京都市区内的晚开十天左右。湖岸的六百多株染井吉野樱花正值落英时节。漫天飞舞的樱花美得让人伤感，看着樱花，想着杏花，我如痴如醉。温煦的春日里，我为看花而奔走着。母亲刚离世不久，如此近乎痴迷般地看花本不近情理，然而，不看花就觉得无法安抚自己。

樱花多姿多彩，"表情"丰富。开时看像微笑，谢时看如落泪。目睹落花似雪，寂寞飘零，我总是沉浸在无尽的悲伤中，每次又都在母亲的微笑中振作起来。想来人活着像花开，死了如花落。花开短暂，花落瞬间，而花的伟大在于它始终微笑。《庄子》曰："人上寿百岁，中寿八十，下寿六十，除病瘦、死丧、忧患，其中开口而笑者，一月之中不过四五日而已矣。天与地无穷，人死者有时，操有时之具而托于无穷之间，忽然无异骐骥之驰过隙也。不能说其志意，养其寿命者，皆非通道者也。"人生无常，生命有限，无常中微笑，乃生活的强者。母亲去世那年，是我看花最多的一年。从那年开始，我年年看樱花。杏花树下的母亲的微笑，成了我永远的念想。

偶然在杭州邂逅樱花，我才知道，原来樱花也是点缀江南的美景。杭州的樱花开得早，恰逢清明前后，此时的江南正值多雨季节。落花风雨更伤春，目睹樱花在绵绵春雨中寂寞飘落，我总情不自禁地吟咏杜牧诗："清明时节雨纷纷，路上行人欲断魂。"于是也想起诗人的另一首："何事明朝独惆怅，杏花时节在江南。"自寻梦远离故乡，我便再也没有见过故乡的杏花了。杏花开放时节，我为不能回故乡看杏花而哀叹，也为当年未能给母亲送终而"欣慰"。因为没有目睹亲爱的母亲离世，在我的记忆中，就只有母亲活在世上的情景，母亲的微笑就会像往日一样让我铭刻于心。"春宵一刻值千金"，想起这句熟悉的古诗，我从匆匆而逝的春日和静静飘落的樱花中感受到时光的美丽，意识到必须倍加珍惜这美丽的时光。

樱花

鹊

初冬的某日，走在杭州的街道上，忽闻树枝上传来清脆悦耳的叫声。喜鹊！我情不自禁地叫出声来，过路人见我听喜鹊叫竟如此兴奋，都流露出诧异的神色。故乡多喜鹊，从小听惯了喜鹊叫声的我，大学毕业远赴南方后，只有一年一度回乡探亲时才能听到久违的喜鹊叫声。每次听到这个叫声，重回故土的温馨便迅速传遍周身。然而，母亲离世一周年内，我没回过老家，也再没听到过喜鹊叫了。如今，在这远离故土的江南偶闻喜鹊的叫声，怎能不令我兴奋？

母亲逝世一周年之际，我回到了内蒙古老家，时值春节前夕。记忆中，隆冬的故乡，总是朔风凛冽，寒气逼人。岭上山下，白雪皑皑，然而那次回乡，天气却暖如阳春三月，路边田野里未见一点残雪。严冬不见雪，对从小生长在塞外的我来说，有一种说不出的伤感和失落。我突然感到脚步变得异常沉重，当行至村口，远远望见老宅门前的那一片杨树林，听到从萧索的寒林中传来的喜鹊叫声时，便再也没有勇气前行了，眼泪扑簌簌地落下来。

自古以来，喜鹊便被视为吉祥鸟。在我心中，喜鹊犹如其名，仿佛永远与悲哀无缘。小时候，无论是在母亲回外婆家时，还是在父亲外出的日子里，只要听到喜鹊的叫声，我就知道他们快回来了。也许期盼从未落空，我越发深信喜鹊登枝是来报喜的。那时，喜鹊的叫声是那么悦耳动听，那么令人兴奋。

大学毕业后，我远赴南方。异乡的孤寂、都市的喧嚣、漂泊的艰辛、世事的变换，常使我感到身心疲惫，于是，我更加眷恋故乡的古朴清静、闲适惬意，也逐渐领悟了庄子所说的"日出而作，日入而息，逍遥于天地之间，而心意自得"。那时的流行歌《故乡的云》最能表达我的心声："天边飘过故乡的云，它不停地向我召唤，当身边的微风轻轻吹起，有个声音在对我呼唤。归来吧，归来哟，浪迹天涯的游子；归来吧，归来哟，我已厌倦漂泊……"

游子思乡，归心似箭，那种迫切的心情，在一年一度探家时流露得淋漓尽致。随着列车临近故乡，我的心跳也开始加速。当列车驶入故乡小站还未停稳时，我就急着往下冲。当远远望见在老宅方向升起的袅袅炊烟，看见老宅门前的那一片杨树林，目睹在高高的杨树下翘首等待我归来的父母，听到林中传来的悦耳动听的喜鹊叫声时，便兴奋得忘却了旅途的疲劳。那一刻我感受到了有家、有父母的幸福，感受到在这世间，只有父母固守的家才是最温暖、最惬意的地方。

以往，久别重逢，父亲的眼里总是闪动着激动的泪花，母亲总是不忘记告诉我，喜鹊一大清早就飞来，喳喳地叫个不停。然而，那年冬季回乡，我看到了小山村袅袅升起的炊烟，却没有望见在杨树林边等待我归来的父母，听到了林中传来的喜鹊叫声，却感觉那叫声与往昔不同，听起来是那么凄凉、悲怆。

我本来是想直接去哥哥家的。父母离世后，老宅便无人居住，然而喜鹊的叫声还是在不知不觉中将我引到老宅门前。褪了色的大门紧闭着，我站了许久才鼓起勇气慢慢推开，门开时发出的沉闷声响是那么熟悉却又那么惊心。人去楼空，空荡荡的院落里，只有在地上觅食的一群麻雀，它们闻声惊起，在空中盘旋几匝后，落在了老杏树上。老杏树的枝条光秃秃的，一派枯冬的萧索。然而，与往昔一样，院落打扫得干干净净。一瞬间，我的脑海中闪过一抹幻觉：或许母亲还活着，因为母亲平时总是把院落打扫得

鹊

连一根草芥都找不到。

　　我情不自禁地喊了一声妈妈，然后目不转睛地盯着房门，期盼母亲像往日一样微笑着走出来，然而房门深掩，院落里死一般宁静，我这才恍然意识到是哥哥打扫的，一种说不出的凄凉悲戚从内心泛起，泪水顿时模糊了双眼。弟弟曾在信中说过，母亲去世后，哥哥打算把老宅拆掉翻新，但又恐老宅从此消失，总也下不了决心。然而只要老宅存在，就少不了牵挂，就总想抽空儿去看一下。从小看惯了母亲打扫得整洁干净的家园，哥哥每次回老宅，总要收拾一番。

　　站在院落的中央，我茫然环视着老宅的每个角落：长满苔藓的枯井，刻满岁月痕迹的辘轳，多年不见长的老杏树，老杏树上静静悠荡着的秋千，被时光漂洗得斑驳的院墙，墙头上瑟瑟摇曳的衰草……我想起了《徒然草》："世间万物流转无常。沧海桑田，世事易移，欢乐与悲哀纷至沓来。曾经一度繁华热闹的街道，而今却是荒凉沉寂的旷野；昔日别致幽雅的住宅，今已物是人非。尽管桃李一如往昔，春华秋实。然这些生灵不与人共语，无法与之共叙往日之情。"故园的每件旧物，曾经是那么平淡无奇，而今却如此引人伤感，牵动人心，仿佛背后都有一段故事，在默默地倾诉着往昔。睹物思人，倍感世事无常。

　　老杏树下，是一间低矮的砖砌小平房，那是父母曾经特意为我搭建的书斋。书斋的木格窗下，放着一个旧得发黑的火盆，看到那火盆，我的泪水又夺眶而出。故乡在偏远的山村，村民们祖祖辈辈面朝黄土背朝天，对命运有一种近乎虔诚的屈从。在他们看来，大学，是不敢奢望的梦，就像天上的宫阙，无限憧憬却又遥不可及。因为很多人这样想，所以他们总觉得自己的孩子与大学无缘。我的很多同龄人，小学还没读完便退学了，村里上过大学的仅我一人。

　　我能上大学，是因为遇到了好父母。父母，是上苍给予的恩赐，无论遇到怎样的父母都是命中注定，都是缘。在我们的小山村，偏偏我父母的想法与众不同，他们认为无论能否考上大学，孩子必须要读书。父母知我爱静，喜欢独处，便在家门前的杨树林中设置了桌椅，在院落的老杏树下搭建了书斋。幽静的树林、清静的家园，为我提供了得天独厚的学习环境，也滋养了我的隐逸闲情。我就像一只无忧无虑的小鸟，在温暖、惬意中度过了彩虹般美妙的童年。

隆冬的故乡，室外气温经常在零下二十摄氏度以下。父母每日为我生火热炕，小书斋里总是暖融融的，尽管如此，他们还是担心我会冷，总是把烧得通红的木炭火盆悄悄地放到书斋里。多少次，当我读书累了抬起头时，都能看见父母一边静静地拨着火盆里的炭火，一边慈祥地凝视着我。那是家里唯一的火盆，父母把那唯一的火盆放在了我的书斋里，直到我考上大学。

当我沉浸在往事的回忆中时，大门开了，哥哥走了进来，我忙拭去眼泪迎上前去。我回国为母亲上坟一事，出发前已写信告知哥哥，因此，哥哥见了我未表露出惊讶。也许因为父母都已离世，我觉得哥哥比原来更亲近了，他为我拂去身上的尘埃，寒暄了几句，便告诉我伯母昨日离世，他是送葬后顺路过来的。

惊闻伯母去世，我半天没说出话来。我是伯母接生的，出生时，因母亲奶水不足，伯母便常用自己的奶水喂我，待我就像自己的亲生孩子。我在南方就业后，每年回老家，伯母总会在第一时间赶来看我。记得留学前回老家时，伯母半开玩笑地对我说，也许下次回来就见不到了。人上了年纪，似乎对死亡有一种预感，我做梦也没想到当年不经意的一句话竟成了永远的诀别。

按照当地的风俗，人死后入葬的翌日，亲友们要到坟地添土圆魂。我来不及洗去满身的风尘，与哥哥，还有傍晚从外地赶来的弟弟一起，随伯母家的堂兄们，拂晓时分赶到坟地。本来是为了给母亲上坟而回乡的我，做梦也没想到会最先来到伯母的坟前。松涛的哀号呜咽似乎在诉说着人世无常，此时，我才懂得人的一生中要经历很多生离死别。

告别了伯母，我又赶往父母的坟地。一日内去两个坟地，对我而言，有生以来还是第一次。两个坟地相隔很远，与苍松环绕着的伯母的坟地相比，位于空旷山野中的父母的坟地显得格外荒凉冷清。母亲去世刚过一年，坟墓的四周已长满了杂草。睹物思人，倍感岁月的无情。在伯母的坟前痛哭不已的我，当跪在父母坟前时，不知为何没了眼泪。空旷的山野弥漫着悠悠的气息，仿佛是父母的魂灵在游荡，轻轻揉着我的心，父母的音容笑貌在我眼前浮现又模糊。太阳升得很高，旷野上浮动着游丝。和前日一样，没有一点风，天气异常温暖。

离坟地不远的一棵老杨树上，不知何时飞来一只喜鹊，叽叽喳喳叫个不停，听起来是那么凄凉、悲怆，让人肝肠寸断，此时我才恍然明白，喜鹊并不像它的名字那样总给人带来兴奋和喜悦。不知过了多久，我才依依不舍地离开父母的坟地。缓步走下山坡时，猛然察觉到南边山脚下的小河已干涸。

自从我记事时开始，故乡的小河就从未断流过。我的童年与小河息息相关，小河伴随我度过了最稚嫩、最纯真的时光。春回大地时，我喜欢站在河边，眺望河面上如无数野马奔跑的游丝，侧耳倾听冰层下潺潺的流水声和冰融时清脆的破裂声。夏日里，我和村里的小伙伴们在河中戏水摸鱼；赤裸着奔跑在温热的沙滩上，躺在松软的草地上，亲吻散发着幽香的野花；在莺飞草长的河边捉迷藏，爬上树梢看喜鹊孵卵；夜晚，躺在大门外废弃的碾盘上，仰望满天如珠玉般璀璨的繁星，静听来自小河里的如潮的蛙声；雨后，站在河沿上观看如脱缰野马般的山洪。暮秋时节，蹲在河畔，看河水在晚霞的映照下载着金黄色的树叶蜿蜒东去。数九严寒里，在封冻的河面上转陀螺，滑冰车。一年四季，河边的杨树林中总传来喜鹊的叫声，常见喜鹊在河边饮水，在冰面上漫步……而今，昔日的涓涓流水如梦幻般消失了。目睹裸露着沙土的荒凉河道，心中泛起从未有过的悲凉酸楚。多么希望眼前的一切都是梦，梦醒时分，一切又如往昔。

此次回故乡，我本打算是要过春节的，然而回家的第三天，便决定离开了。于我而言，在故乡多停留一天就多痛苦一天，也许失去父母的故乡就是这样。春节是阖家欢乐的日子，进城打工的年轻人陆续返乡，而我却要匆匆离开，如此短暂的停留，过去从未有过。哥哥和弟弟也没有刻意挽留，他们默默地送了我一程又一程。与回来的那天一样，离开老家那天也是一个无风的暖日，路边的杨树林中不时传来喜鹊的叫声，还是那么凄凉、悲怆，耳边仿佛又响起了那充满伤感的歌声："天边飘过故乡的云，它不停地向我召唤，当身边的微风轻轻吹起，有个声音在对我呼唤。归来吧，归来哟，浪迹天涯的游子……"

在杭州与喜鹊不期而遇，我感到一种说不出的亲切，仿佛寻到了前世的乡愁。也许是过于兴奋，夜里，喜鹊竟飘然入梦。梦中，我爬上一棵高高的杨树偷窥鹊巢，醒来想起了庄子。《庄子》中说："是故禽兽可系羁而游，鸟鹊之巢可攀援而阅。"一句极普通的描述，此时咀嚼起来却令我激动不已。我又忆起童年的岁月，也想到了庄生梦蝶的故事。不知是我梦到了故乡的喜鹊，还是故乡的喜鹊梦见了我。想来无数次魂梦故里，我曾为自己只能梦里回乡，只能在梦中与父母相逢而悲叹。杭州遇喜鹊，我为梦回故里，梦中与父母重逢而欣喜，为梦中寻到旧日的欢笑而欣慰。尽管梦是短暂的，然而，梦中的父母还是那么慈祥和蔼，故乡依旧那么温暖亲切，有清澈的蓝天，有洁净的白云，有熟悉的乡间小路，有皑皑白雪，有青青草原，有涓涓流水，有喜鹊的叫声……

鹊

望着窗外纷纷凋谢的榆钱悄悄地落泪。我把此事告诉了母亲，母亲说江榆大哥一定是想家了。那时，我还不识背井离乡的滋味。

小时候，我是个小人书迷。小人书就是连环画，大小类似手机，图文并茂。那时，别说是小孩，连大人也都爱看。江榆大哥来我们村之前，左邻右舍，谁家有什么小人书，我都知道，也都借遍了。我喜欢收藏，经常廉价买下别人的旧小人书，缺少封面的，就自己绘制补上。

也许与孤僻爱静的性格有关，我看小人书时，不喜欢旁边有人，喜欢一个人静静地欣赏。每当在学校借到小人书时，放学路上，我总是走在最后，一个人边走边看。从学校到家，是一条曲折宁静的小路，路边有很多弯弯曲曲的榆树。看得入迷时，我就坐在横斜的榆树干上或索性躺在上面，直到看完才回家，因此没少让父母担心。自从江榆大哥住到我家，我一改往日的习惯，一放学，便急匆匆地往家赶，就为了看江榆大哥的小人书。

江榆大哥带来了很多书，除小人书外，还有小说、散文、诗集等。江榆大哥酷爱读书。夏季农闲期，为避正午的烈日，人们都午睡小憩，江榆大哥却总是坐在我家门口的大榆树下，边乘凉边读书。也许前世有缘，性格内向、孤僻、喜欢独处的我，偏偏喜欢与江榆大哥在一起。我家门口的那棵大榆树，自地面约三米高处分杈，江榆大哥在树荫下读书时，我就爬到分杈处，骑着树干看小人书。为此，江榆大哥提醒过多次，然而，年少时的我，自以为是爬树高手，对江榆大哥的劝告总是置若罔闻，终于有一次，因沉迷于小人书中，一时忘记了自己是在树上，结果跌落下来，还摔伤了脚。

那时，村里还没有电，夜晚，我与江榆大哥同在一盏煤油灯下学习。江榆大哥读书时全神贯注，从不随便搭话，只在熄灯后，才跟我闲聊一会儿。有一次，我们躺在被窝里，透过玻璃窗，出神地凝视着大门旁的那棵大榆树。乡村的夜，宁静安详，皎洁柔和的月光下，大榆树显得更加风姿绰约、挺拔伟岸。江榆大哥突然问我，为何野外的榆树与家里的榆树不同，与杨树也不一样，都长得奇形怪状、千疮百孔？一时间，我不知如何回答。

我的家乡，杨树最多，且都是人工林，平时受到保护，禁止随意砍伐，家里的榆树也一样，长得笔直挺拔。相比之下，野外的榆树则显得落魄寒酸。野外的榆树都是自生木，零散分布在田边路旁、沟沿山腰，平日无人问津，又常遭伤害。榆钱，生吃清爽甘甜，做汤鲜嫩可口。春季，孩子们尽情地攀树撸吃榆钱，吃不完就连枝带走。榆叶营养丰富，是理想的家畜饲料。夏季，妇女们三五成群，活跃在田边路旁，争相采集。可怜那些榆树还未迎来秋季，便已是满目枯冬的景象。榆条柔韧无比，可编筐织篓，经久耐用。秋后，被撸光叶的榆树又遭村里老人们肆意修剪，以致千疮百孔、奇形怪状。如此备受创伤的榆树，还常遭讥讽，人们把脑子不开窍或思想顽固不化者贬喻为"榆木疙瘩"。榆树木质坚硬，易受虫蛀，不适做家具或建筑材料，总被视为无用之物。

我把自己的所见所闻一五一十地告诉了江榆大哥。江榆大哥躺在炕上辗转反侧，后来索性坐起来，点上灯，伏案疾书。平日，江榆大哥爱写随笔，那天夜里，他写到很晚。翌日，他将写好的文章给我看。我看了好几遍，其中一段话，至今记忆犹新："我完全被榆树打动了。在所有的树木中，榆树最忍辱负重，受到冷遇，遭受创伤，也毫无怨言，总是默默无闻，淡然超脱。榆树的生命力惊人，无论是在断崖石旁，还是在沙滩沟壑都能生存。榆树的满目沧桑，昭示着生命的顽强。看到榆树，我仿佛明白了什么是百折不挠，似乎懂得了什么是无用之用。"在当时还是小学生的我看来，江榆大哥写的文章虽有些晦涩难懂，但字里行间都透着一种动人心弦的美丽，洋溢着一种激人奋进的顽强。没想到那些千疮百孔、奇形怪状的榆树，在江榆大哥笔下竟变得如此美。读了江榆大哥的随笔，榆树的形象在我心目中悄然发生了变化。

两年后，江榆大哥结束了下乡生活，返回家乡承德。临别时，他把当初带来的书都送给了我。我数过，包括小人书，共一百三

榆

燕

　　初夏的某日，我外出归来时，在住宅小区内，见许多燕子在空中翩翩起舞，来往穿梭。天空乌云密布，凉风阵阵，眼看一场大雨即将到来。自来杭州，那还是第一次与燕子相逢。

　　自儿时起，我便与燕子情同手足。故乡老宅的房梁上、屋檐下都有燕巢，每至春暖花开时，燕子便从遥远的南方飞来，衔泥叼草，为筑新巢而辛勤忙碌。燕子与人同在一个屋檐下，出出进进，却从不给人惊扰。筑巢时，偶有草芥或泥巴掉落，燕子发觉后，会迅速飞下拾起。巢筑好后，便忙于繁衍后代。

　　燕子通人性，白日里呢喃梁间，与人和睦相处。夜深人静时，刚出生的子燕偶尔吵闹，母燕便轻声哄其入睡。燕子如家人，与燕子在一起，生活总是那么温馨。天空乌云密布、雷声滚滚时，若还不见燕子归来，我总会坐立不安。当看到燕子在暴风雨来前矫健敏捷地飞入檐下时，方才安心。

　　大雨倾盆时，燕子们聚于巢中，侧耳倾听雷鸣，凝神静视屋檐上正如丝如线般密集流淌的雨水；雨过天晴后，燕子纷纷飞出室外，尽情享受雨后的清凉舒爽。盛夏的故乡小村，山清水秀，宁静闲适。湛蓝纯净的天空，芳草青青的河边，碧波起浪的田野，轻盈穿梭的燕子，构成了一道亮丽的风景线。

　　燕子是候鸟，秋风萧瑟、树叶飘零时南迁越冬。习惯了与燕子朝夕相处，当某日突然看不到它们翩翩起舞的身影，听不见它们的嬉戏呢喃，总有一种说不出的落寞孤寂。小时候，我喜欢听电影《归心似箭》的插曲："雁南飞，雁南飞，雁叫声声心欲碎。不等今日去，已盼春来归。"也许因为"雁"与"燕"同音，也许因为我看到的大雁只是横空掠过，从不停留，每听此歌，我想起的总是燕子，于是，期盼燕子归来的心情越发迫切。然而越是期盼，便越感到冬季的漫长、春天的遥远。在我的想象中，燕子南下，与大雁南飞一样壮观。爱幻想的我，于是更加憧憬南方，越发执着于南方梦，期待着有朝一日如燕子一样漂泊天涯。

冬寒逝去，春光向暖时，我常蹲在家门前的小河边，倾听冰河解封时清脆悦耳的破裂声，目睹河水载着无数冰块蜿蜒东去，期待着燕子早日归来。七九河开，八九燕来。当春风吹绿了故乡的山水时，燕子便从遥远的南方陆续飞来。归燕识故巢，燕子无论飞得多么遥远，总能找到自己的旧居。因此，当有人说燕子的故乡是南方时，我总是固执地认为是北方。

大学毕业后，我像一只千里寻梦的孤燕，背井离乡，远赴中南古城长沙。时值中秋，燕子已南下。我原以为到了长沙就会与燕子重逢，然而期待落空了。在长沙，我从未遇到过越冬的燕子。也许对燕子而言，长沙还不够遥远，还不是梦中向往之地。小小的燕子竟怀如此远大志向，我内心的敬意油然而生。

不可思议的是，即使是在夏季的长沙，我也没听到燕子的叫声，没有看到燕子的身影。或是因为都市喧闹嘈杂，没有乡村的宁静闲适；或是因为都市的高楼透着阴冷的寒气，没有农家的土筑平房那般温暖惬意。远离家乡的我，听不到燕子的叫声，一如听不到亲切的乡音，离愁伤感总是萦绕于心。正因为如此，几年后，当我东渡日本留学，在京都偶然与燕子邂逅时，不禁感慨万千。

与其他都市一样，京都的街道也是行人如潮，车辆如流，但又与其他都市不同，京都的市内，古寺林立，随处可感受到幽静

燕

闲适，可谓喧嚣的俗世与寂静的佛门共存。我是在探访古寺时与燕子重逢的，后来在风景秀丽的公园和芳草青青的河边也常见燕子翩然起舞、来往穿梭。于是我懂了，燕子并非避讳都市，只要有宁静、闲适的环境，都能看到它们轻盈的身姿，听到它们轻柔的声音。与燕子重逢，宛如他乡遇故知，引发了我的浓浓乡愁，使我沉浸在对年少时光的回忆中。目睹晴空下、微雨中矫健穿梭的燕子，客居异国的愁苦便也消解了许多。

在日本古典文学中，《徒然草》是吸收中国文化元素最多、最早践行老庄思想的作品之一，《徒然草》中渗透的庄子思想是我研究的重点，而《庄子》是我最爱读的书。《庄子》中亦提及燕子："鸟莫知于鷾鸸，目之所不宜处，不给视，虽落其实，弃之而走。其畏人也，而袭诸人间，社稷存焉尔。""鷾鸸"即燕子，该段大意是：在鸟的世界，燕子可谓智者，一旦得知某处不宜居住，便不再犹豫，口中的食物掉落，也会弃之逃走。如此存有戒心的燕子，竟飞入人家居住，不过是将它们的巢窠暂寄于人的房舍罢了。很多鸟怕人，为免遭加害，它们多在深山幽谷或高木树巅上筑巢，而燕子却住在人家的房梁或屋檐下，其智非同一般。

"逍遥"乃庄子思想的精髓，关于"逍遥"，《庄子》的注释书《南华真经注疏》中这样解释："故大小虽殊，逍遥一也。"细嚼此句，我想起了燕子。与大雁相比，燕子的确渺小，然而它们却与大雁一样，飞越千山万水，浪迹天涯，弱小的生灵以其远大的志向诠释了对梦的执着。与结队翱翔天空的雁阵不同，燕子的行动极为低调隐蔽。我只知道它们在立秋前后开始南下，却不知是如何完成这漫漫之旅的。燕子的隐逸性情，为其千里寻梦增添了一抹神秘色彩。

燕子辛勤忙碌，却忘不了享受属于自己的那份悠闲。目睹在河边、田野中轻盈穿梭、翩翩起舞的燕子，深感忙中有闲、闲中有忙的生活才最现实、最理想。纵观世间，太多的人被俗事牵绊，为工作和生活操劳忙碌，被折磨得心力交瘁，忘记了生存应有的闲情与逸致，忽略了人生本有的诗意和浪漫，将本该逍遥的人生经营得痛苦疲惫。闲与忙并非矛盾，而是缺一不可。在日留学的七年，是我人生中最忙碌、最艰苦的七年，也是我人生中最逍遥、最惬意的七年。那七年，我珍惜时光、致力学业的同时，流连于古寺名刹、逍遥于山水自然。其中有《庄子》的熏陶，有《徒然草》的启迪，也有燕子的垂范。

我曾多次问自己，定居杭州是否就意味着从此不再漂泊？遇到燕子，我似乎找到了答案。在杭州，我找到了属于自己的那片天空，随着时间的推移，对这片土地有了深厚的感情。然而梦的实现并不意味着梦的结束，梦是人生的目标，是心的主体。关于心的主体，《徒然草》中有这样一段话："镜无色无像，物皆可映现；镜有色有像，物无法映现。虚空可容物。心生杂念，是因心无主体。心有主体，便无杂念困扰。"我曾反复细读此段，冥思苦想，然终是不解其意。遇到燕子，才有所领悟。

在我看来，燕子浪迹天涯，始终以梦为伴。对燕子而言，梦是主体，漂泊中寻梦，漂泊亦安稳；为梦而漂泊，漂泊亦逍遥。也许我的骨子里有着与燕子一样的浪漫情怀，自从为梦而选择了漂泊，便懂得了是梦在支撑着自己；懂得了在漫长的人生中，若心无主体，就会飘零无依；懂得了要在"无常"中实现自我，就必须有梦。只要心中有梦，就不会在纷繁的世界里迷失自我，就会像在风雨中矫健穿梭的燕子，在漂泊中找到属于自己的安稳。

雨，很快下起来了。燕子没有离开，在雨中悠然穿梭，翩翩起舞。我也没有离开，撑起雨伞，伫立雨中，出神地看着燕子。

燕

梅

　　春节刚过，杭州就下了一场雪。看到雪，我便想起了梅，于是去了西湖。穿过白堤，行至孤山脚下，纷纷扬扬的飘雪中，依稀可见红梅点点，宛如一片火烧云。孤山，北宋隐逸诗人林逋的隐居地。自来杭州，我就盼着在一个飘雪的日子里到此探梅。生来孤僻爱静的我，也许与隐士有宿命之缘，隐士的洁身自好、淡泊逍遥、怡然自得，在我看来皆有无尽的魅力。我喜欢林逋，还另有一因，那便是梅。林逋爱梅如痴，曾植梅三百余株，以梅为妻，以鹤为子，隐居孤山。我虽不能与诗人比肩，然爱梅之心亦非同寻常。

　　我自少时习画，尤爱花草树木，其中画得最多的便是梅了。我画梅，源于对寒梅姐姐的思念。寒梅姐姐长我六岁，生于惊蛰日。惊蛰，意为春雷始发，万物复苏，然此时的塞北却依然春寒料峭，时而飘雪。父母为姐姐取名寒梅，本是期待她像迎春的梅花一样凌寒傲雪、冷艳绝俗，却事与愿违，寒梅姐姐七岁那年，不幸因病夭折，就像春寒里萌动的花蕾，不曾绽放便在风雪中凋谢了。

　　那年，我刚满一岁，对寒梅姐姐没有任何印象，只是后来常听母亲说，寒梅姐姐乖巧聪明，每日识字习画，帮助母亲打扫庭院，照看襁褓中的我。寒梅姐姐离世后，我家便都是男孩了，因此，我从小就羡慕有姐姐的同学，看到他们得到姐姐的细心关爱，就想起寒梅姐姐。画梅，便缘于对寒梅姐姐的思念。只可惜位于塞外的故乡与梅无缘，我画的梅多半是模仿年画。小时候过年，家家都贴年画。父母出于对寒梅姐姐的思念，年年买有梅的年画，于是我年年画梅。

在现实中邂逅梅，是多年之后的事了。大学毕业远赴南方的第八年，我到日本滋贺县研修。那是我第一次走出国门，异国的风情引发了我诸多好奇，然而最吸引我、最令我心动的却是自然。异国看自然，方感自然的伟大，自然超越了地域、民族、语言，只要喜欢，便能让人毫无理由地亲近。自然也牵引出了我的激情和灵感，于是闲暇时出游，写了不少游记和随笔。时光匆匆，忙碌中，为期半年的研修接近了尾声。回国前，我去了县立图书馆。

日历上虽已立春，然冬寒犹在，积雪未消。走在图书馆附近的池边小径上，忽见两边山丘上有红白两色的花映日绽放，清寒中显得清冽高洁、淡雅绝俗，恍若古典美人。当我凭自己多年绘画的直觉，认定那就是梅花时，惊喜之余，不由得想起了寒梅姐姐，往日的思念顿时如泉涌般迸发。我久久伫立花前，深情凝视，不舍离去。那天，在图书馆，我还意外获悉了有关梅花祭的信息。

梅花祭，是纪念日本平安时代著名汉学家、诗人菅原道真的祭祀活动，每年的二月二十五日，在京都北野天满宫举办。被誉为"学问之神"的菅原道真，生前酷爱梅花，而早春二月正当梅花绽放之时，又适逢日本一年一度的高考季，很多考生为圆自己的大学梦前来赏梅，并祈求"学问之神"的庇护。

清晨，当我赶到北野天满宫时，那里已是人山人海。梅苑内，除早开的红梅、白梅，还有照水梅、卧龙梅、金筋梅等，共五十多个品种，两千多株。寒梅疏影，风姿绰约，清香飘逸，徜徉在花丛中，总觉得寒梅姐姐就在身边，向我微笑，仿佛有一个声音在轻轻地呼唤，那种感觉真切又朦胧，温馨又伤感，以至我深深陶醉于梅花的清新和芳香中，流连忘返。我不由得想，世间所有

梅

离别，也许都会以不同方式重逢。感慨之余，连夜写了一篇随笔，那是我第一次写梅，就像第一次画梅，虽言犹未尽，然多年的思念之情总算有了暂时的疏解。

正当日本关西地区的樱花含苞待放时，我结束了研修。第一次来到日本，却错过了樱花盛开的时节，对偏爱花草树木的我来说，的确有些遗憾，然而，邂逅寒梅，又令我欣喜若狂。梅，使我超越时空与寒梅姐姐重逢，仿佛了却了儿时以来的一个心愿。这次赏梅还激发了我对文学的热情。几年后，为研究文学名著《徒然草》，我又来到了京都。

与上次的研修不同，自费留学的我，为维持生计、完成学业，必须利用业余时间打工。忙碌中，研究生入学考试迫近，为祈祷梦想成真，寻求"学问之神"的庇佑，翌年二月二十五日，我又去了北野天满宫，那是第二次看梅花祭了。

那天早晨，天空飘着鹅毛大雪，北野天满宫的寒梅在飞雪中傲然绽放。时隔几年，再遇梅花，一如与寒梅姐姐久别重逢，我怀着激动的心情，迫不及待环视着。梅花仿佛在朝我深情地微笑，向我暗示：梅花香自苦寒来。一时间，我似乎感受到了寒梅姐姐的鼓励和期待，感受到了一种超越时空、超越生死的爱。

我曾听母亲说，寒梅姐姐生前特别喜欢梅，只可惜与梅无缘，未见到梅便过早地离开了人世。若寒梅姐姐还活着，见到这傲雪绽放、冷艳高洁的梅花该是多么喜悦、兴奋！想到这里，我恍然觉得自己在继续寒梅姐姐未了的梦。雪的洁白，动人心弦；梅的幽香，沁人心脾。陶醉其中，我竟忘记了祈祷。

那年，我如愿以偿地通过了研究生入学考试。此后，每年的初春，只要降雪，我便踏雪寻梅。京都赏梅的地方很多，除北野天满宫，还有劝修寺、城南宫、清凉寺等。劝修寺的百年老梅、城南宫的垂枝红梅、清凉寺的重瓣白梅，皆有诗情画意，在属于自己的季节里激情绽放，开在最冷的枝头，飘雪亦不能将其湮没。于我而言，探梅就是与寒梅姐姐重逢。徜徉于清香萦绕的梅花丛中，总有说不出的暖意和激动，冥冥之中，总感到有一个声音在轻轻地呼唤，默默地鼓励，深情地期待。

《徒然草》中说："梅以白梅或浅红梅为佳，早开的单瓣梅，清香的八重梅，各有情趣。"探梅，加深了我对《徒然草》的理解，读《徒然草》，又让我对梅多了一分了解。梅，妩媚却不娇柔，多姿但不造作，清丽出尘，空灵绝俗。探梅，使我清贫而艰辛的留学生活充满了诗意和浪漫。想到冬季过后又将与寒梅姐姐重逢，我便对春天多了一分期待，对文学多了一分痴迷。

梅

雪，还在无声地飘落。孤山脚下，只有我一人。漫步在梅林，伫立于林逋墓前，仿佛经年的时光在静静地流淌。人去山空，如今只有孤独的梅花依稀诉说着往昔的故事。《徒然草》中说："橘花芬芳惹人怀旧，梅花清香引人追昔。"岁月流转，往事犹新。昔日与梅邂逅，与梅交心，使我超越时空与寒梅姐姐相逢，感受到她无声的鼓励。如今在孤山踏雪赏梅，又使我超越时空与江南隐士相遇，这不曾谋面的缘分让我有一种别样的感动。"疏影横斜水清浅，暗香浮动月黄昏"，林逋诗中流淌的隐逸之美，宛如一缕带着清寒的微风，细心回味，不觉陶醉其中。想来是梅的清绝与高洁激发了诗人的灵感，才有了此绝世之作。

踏着积雪的幽径，我朝着孤山之巅拾级而上。在缓缓流淌的时光中，我仿佛听到了诗人的足音、诗人的心声，看到了诗人的身影融入飘香的梅花中，隐没在茫茫天地间。我想起了《庄子》，感到飞雪中有"天地与我并存，万物与我为一"之情趣，感到傲雪绽放的寒梅有"肌肤若冰雪，绰约如处子"之风姿。

我曾问自己：为了寻梦，人到底要耗费多少光阴？此时我才恍然明白，为了梦，有时真的要付出一生。林逋结庐孤山，淡泊名利，清风弄影，飘逸浪漫，看似断绝尘缘，实则激情追梦。隐居孤山数十年，足以诠释其对梦有超乎寻常的执着。伫立于孤山之巅，举目远望烟水苍茫的西湖，我豁然察觉到，在这自古以来感动世人的风情中，原来隐约闪动着不为人知的隐逸美。我仿佛听到有一个声音超越时空，在轻轻地呼唤，默默地鼓励，深情地期待。

绒花

　　我居住的小区斜对面是杭州某职业学校，学校的侧门旁有一排不高不矮的树。初遇那一排树时，杭城春日的花事殆尽，到处是沁人心脾的新绿，只有那一排树依然沉眠于枯冬的萧索中，看不出任何生机。然而，时隔两个月，再度经过那里时，那一排树上竟梦幻般地开满了粉红色的扇形花。在晚霞的映照下，在夕阳的余晖中，这些花显得清丽超逸，淡雅别致。绰约的风姿、娇媚的花色，让我猛然想起了多年前画过的一株绒花树。

　　年少时，我一直做着画家梦，平日，除了自然中的花草树木，也常画电影中的人物。初三时，看了电影《红楼梦》，便画了一幅林黛玉的像，那是我第一次画古装人物，为此颇费了一番心血，不料被班上爱搞恶作剧的同学发现，他趁我不在时，将画像贴到了黑板上，结果在班上引发了一场骚动。一些同学起哄，扬言我画黛玉别有用心。我感到莫名其妙，后来才知，原来"黛玉"是同班女同学玉莲的绰号。中学时代，很多同学都有绰号，只是我孤僻爱静，平时少与同学交往，对班里的很多事便少有耳闻。

　　同学们的风言风语让我不知所措，恐无意中伤害了玉莲，毕竟我从没有与她说过话。那天，我悄悄地递给玉莲一张纸条，试图解释那幅画与她无关，谁知又被同学发现，于是事情变得越发糟糕。我有苦难言，连续几天未能静心读书，后来还是玉莲出面

的大学前程而惋惜不已。

我读《红楼梦》始于大学时代，那还是缘于一位外籍教师托我翻译有关红学的文章，她是《红楼梦》的热心读者。当她侃侃而谈小说的故事情节时，我感到从未有过的羞愧。连外国人都如此熟悉的中国古典名著，我竟然还未读过。就在那天，我从大学图书馆借来了《红楼梦》，每日抽空读几章。读了《红楼梦》，我才明白为何此书让玉莲到了痴迷的地步。

大学毕业后，我先后邂逅了《庄子》和《徒然草》。《庄子》中有这样一段描述："方其梦也，不知其梦也。梦之中又占其梦焉，觉而后知其梦也。且有大觉而后知此其大梦也，而愚者自以为觉，窃窃然知之。"此段大意为：人在梦中时，是不知自己在做梦的，甚至有时梦中也在做梦，醒来方知是梦。只有真正清醒的人才知，人生就是一场梦。愚昧的人自以为清醒，自以为明白，其实都是在做梦。读此段，我想起了《红楼梦》的"梦"，想起了玉莲说过的"无常"。

在我的追梦之旅中，感受最深的是"无常"。世事无常，人生无常，自然无常，然而变化无常中，最感魅力的却是自然。对自然的偏爱，对"无常"的关注，使以"自然"为主题的《庄子》和反复言及"无常"的《徒然草》成了我百读不厌的书。我的硕士论文和博士论文皆为探究《徒然草》中的庄子思想，"自然"与"无常"后来也成了我思索人生的主题。

玉莲赠送的那朵绒花，我保存了很多年。每看那朵绒花，便想起玉莲，想起她收藏的那些与《红楼梦》有关的植物花叶、人物画像。受其启迪，在日留学期间，我收集了很多《徒然草》中言及的植物花叶，并将其作为《徒然草》的专用书签。只是有一些植物至今无缘遇到，每当想起，总有一丝遗憾，然而，这一遗憾也为我研究《徒然草》提供了很好的启示。

兼好法师说："任何事物，追求完美并不好，留下缺憾方有情趣。"每个人在一生中，总会有一些想做好却未能做好的事，有一些想圆而未能圆的梦。曹雪芹未写完《红楼梦》便离开了人世，给后人留下了千古遗憾；《红楼梦》中的宝玉黛玉之恋让读者感伤落泪，为其不完美的爱情而扼腕叹息；博览群书的才女玉莲沉醉于《红楼梦》，而使自己的大学梦成为水中月、镜中花。人世间充满了"无常"，"无常"给人带来无尽的遗恨，让人感到悲哀，也让人体会到变化之美。在我看来，无论是《红楼梦》的作者曹雪芹，还是《红楼梦》中的主人公林黛玉、《红楼梦》的热心读者玉莲，都活得太真、太痴、太执着。正因为如此，《红楼梦》才让人感受到一种别样的美，一种发人深省的"缺憾美"。

有时，一枝花、一幅画便能唤起人们对往昔的追忆，引发人们对人生的诸多感悟和思索。邂逅绒花于杭州，那斜阳光影、清丽超逸、灿若云霞的美让我想起多梦的青春时代，想到了"无常"。每个人都心怀美好的梦，要追逐心中美好的梦，就要为自己的执着付出代价。寻梦之旅铺满了荆棘，充满了"无常"。"无常"中寻梦，梦并非一定能圆，然而只要为此释放激情，痴心追逐，纵使好梦难圆，人生亦色彩缤纷。红楼未完才耐人寻味，绒花无香却开得别致高雅。绒花，仿佛给杭州这座原本就充满浪漫诗意的城市又增添了梦幻般的神奇和美丽。我感到梦在召唤，激情在涌动。

绒花

泡桐

与往年一样，泡桐花开时节，我回到了长沙。

长沙多泡桐，三月里开花，花呈倒立钟状，花冠呈白色或淡紫色，成串地开在翘立的枝头，无论晴天还是雨中，看上去都十分清雅、含蓄、优美。长沙的家在 D 大学家属区公寓的顶楼，紧挨着公寓的是一株树龄逾百年的高大的泡桐。一到春天，开满枝头的泡桐花便将阳台装点得分外幽雅。月夜，淡淡的花香和着温柔的月光，透过窗棂，静静地潜入室内；夏日，浓密硕大的绿叶恰到好处地遮住了烈日，给室内增添了一丝清凉。也许我与泡桐太有缘了。在日留学期间，因远离故土，长沙变得越来越陌生，我对泡桐却越发熟悉、越发亲近了，因为一年一度的回国探亲，总是适逢泡桐花开时节。

我在国外留学的那些年，正值中国经济腾飞、日新月异之时。古城长沙也不例外，到处都在变化，其变化之迅速，在一年一度回国探亲的我看来尤为明显。弥漫着往日时光的旧街陋巷，苔迹斑驳、狭窄不平的青石板路，都销声匿迹了。时尚的商业街、休闲的住宅区，如雨后春笋，买车、买房已不再是人们遥远的梦。

外面的世界精彩纷呈，我家的变化却充满了凄凉和伤感。家具破旧，邻居迁走，公寓沉寂，连昔日开满楼前的鲜花也荡然无存，唯有那株泡桐树，虽饱经风雨，被岁月冲洗，却依然风姿绰约，高大静美，年年重复着花开花落。

我赴国外留学时，汗儿刚满三岁。长久的别离，似乎给他幼小的心灵蒙上了阴影。我回国探亲期间，有一次，去幼儿园接汗儿回家，幼儿园老师告诉我，好几次看见汗儿一人静静地站在很远的地方，痴痴地看着其他孩子的父亲来接他们，那羡慕的眼神，让知情人看了心里都酸溜溜的。我听了感到内疚至极，后来每次探亲回家，总要腾出更多的时间陪伴汗儿。

一个细雨蒙蒙的午后，我与汗儿坐在阳台上。他仰头看着在雨中静静绽放的泡桐花，说："为什么泡桐一年只开一次花呢？如果能开四次该多好，那样爸爸可以一年回家四次了。"听了汗儿天真稚嫩的话，我的泪水夺眶而出。那年，我刚开始读博，想到完成学业至少需要三年，一时感到极度茫然。雨，静静地下着，雨点滴在泡桐叶上发出的悲凉声响击打着我的心……

每次探亲回家都不过十几天，那十几天浓缩了我整整一年的期盼。在家期间，总想拦住时光的脚步，然而越是在意时光，时光的流逝越是惊人。泡桐花期短，短得几乎与我在家停留的时间一样。每次回家，都适逢泡桐花开；离家时，正值芳菲尽时。世间的悲欢离合，恰似花开花落。重逢时，汗儿总是喜笑颜开；离别时，却是满目忧伤。人世间最难割舍的就是与年幼的儿女离别，那泪眼中流露出的不舍，迟迟不忍离去的依恋，令人肝肠寸断，心痛难当。

长沙的春季总是阴雨连绵，雨中，泡桐花无声飘落，清冷凄凉。目睹寂寞飘零的泡桐花，一种别过繁华后的寂寥感涌上心头，我恍然领悟了古诗"感时花溅泪，恨别鸟惊心"中所流露的真情实感。佳期如梦，转眼春光将逝，再看微雨泡桐只待来年。岁月流逝中，我和家人有了同感，那就是最盼泡桐花开，最怕泡桐花落。看雨中泡桐花落，便知明日又将离家，又将是一次漫长的离别。

某个深秋的夜晚，刚上小学三年级的汗儿从国内打来电话，把自己最近写的作文读给我听："泡桐落叶了，从春到秋，泡桐叶停留在树上的时间真是太久了。待到泡桐叶落尽，冬天就不远了。冬天过后是春天，春天一到，泡桐花便开了，爸爸就该回来了……"那天夜里，我久久没有入睡，脑海里总是闪现出汗儿站在阳台上，痴痴仰望着泡桐叶无声飘落的情景。泡桐落花催人泪，谁知泡桐落叶也如此惊心。秋天刚近尾声，冬季还未来临，春天依然遥远。

想来我为了梦，承受了太多冬去春来的离愁别绪，错过了太多与家人共赏春花秋月、共享天伦之乐的美好时光。《徒然草》中说："有子女，方能真正体会人情。"悲欢离合中，我越发深爱自然。深爱自然，我的情感也变得越发细腻、越发深沉。常言道：人非草木，孰能无情。然而，亲近自然，观察自然，就会懂得，其实草木亦有情，只是草木之情隐蔽含蓄，需融入其中，以心相待。融入自然，就会觉得，自然中的片叶寸草都会牵动思绪，让人心动不已。

年年回国探亲，年年看泡桐花开花落，于是，我与泡桐有了默契，结下了深深的情缘。泡桐花仿佛年年在为我绽放，在家期间，为我展示最美、最动人的一刻。泡桐树高冠大，姿态优美，垂挂在枝条上的朵朵白中透紫的花，犹如无数吊铃，在西沉的暮日余晖中，花影婆娑，素洁高雅，默默地向过路的人们诉说着春天的故事。泡桐树下，过往的行人来去匆匆，络绎不绝，驻足赏花者却寥寥无几。泡桐花，总是静静地开，悄悄地落。目睹泡桐花在寂寞飘零中带着春日未了的梦悄然隐去，心中便暗生莫名的惆怅和忧伤。

每次结束探亲，返回京都，都正当古都樱花烂漫的时节。邂逅过泡桐花，又邂逅樱花，我无意中会将其比较。泡桐树不像樱花树那样随处可见，泡桐花也不像樱花那样妖娆妩媚、如云似霞，然泡桐花之美绝不逊色于樱花。樱花艳压群芳，泡桐花淡雅绝俗；樱花美得让人伤感，泡桐花美得令人伤神。

结束了长达七年的留学生涯，我回国，在杭州就业。与往年一样，每到泡桐花开的时节，我便回湘探亲。某个微雨黄昏，我与汗儿站在阳台上看泡桐花时，他突然问我，何为逍遥？何为齐物？逍遥和齐物乃庄子思想的精华，没想到今日会出自汗儿之口。见我惊讶不已，汗儿笑了，说看到我每次回家都携带《庄子》，就怀着好奇心买了一本。我以泡桐为例，告诉他学习累了的时候，坐在泡桐树下看花开花落就是逍遥，感受到花落与花开一样美就是齐物。

汗儿上了高中后，学习更加紧张忙碌，周日也去补习班上课。然而，过去骑单车上学的他，不知从何时开始步行。问其因，他说一日之内，最逍遥的时候就是放学走在回家路上的那段时光。从学校到家，沿途有很多高大婆娑的泡桐树。走在泡桐树下，便有从繁重的学习、枯燥的教室中一时解脱的轻松感。他告诉我，如今不仅喜欢看泡桐春季的开花、秋季的落叶，也喜欢看泡桐夏季的浓荫、冬季的寂寥。汗儿告诉我泡桐的四季变化很美，让我有种说不出的心动。

泡桐成为我魂牵梦萦的心象风景，长沙成了我的第二个故乡。故乡，总给离开她的人平添伤感，没有变化时渴望她变化，变化了又怕因此而失去她，让人感到一种无奈的美丽。想来这就是乡愁，而为我解开这一情结的是泡桐。

杭州的泡桐不像长沙那么多。人们赞美江南春色时，似乎从不提及泡桐。然而，泡桐又是杭州一道赏心悦目的风景。若无泡桐，杭州便少了一分清雅，少了一分文静。泡桐风姿绰约，冠大荫浓，像多情的游子，温柔似水；像高卧的隐士，清雅淡泊。泡桐与江南的古典园林、粉墙黛瓦、烟雨长巷极为谐调。

杭州的泡桐花含苞欲放时，我总要回湘小住几日。长沙的泡桐花开得早，清幽淡雅的泡桐花，绽放在淅淅沥沥、隐约朦胧的微雨中，使古城更加充满诗意柔情。泡桐，将长沙与杭州紧紧连在一起，成了我无法割舍的缘，也成为我寄梦文学的情。走在泡桐树下，宛如走入一场旧梦，年年看，但总也看不够。

梦中缘

映山红

　　江南的花事不断，当玉兰、紫叶李、山茶、海棠、樱、桃等花相继谢去，已是春深迟暮，此时，杜鹃又掀起一波花潮。暮春杜鹃惹相思，走在杭州的街道上，目睹一簇簇姹紫嫣红、激情绽放的杜鹃花，我总想起洪山庙的映山红。

　　洪山庙，是位于长沙市郊的一座庙宇，因坐落于洪山，不知从何时起竟取代了山名。洪山庙以映山红闻名，一到春天，便漫山红遍、如火如荼。我到长沙就业的第三年，经人介绍与妻子相识。春意阑珊的某个周末，两人到洪山庙看映山红。

　　我去南方前，记忆中的映山红，还只停留在电影的片段中。小时候，乡下没有电视，人们看得最多的就是电影了。一部影片会在村里巡回放映，遇到特别喜欢的，我每场都不放过。影片中，我看得最多的是《闪闪的红星》。漫山遍野的映山红场景，深情动听的《映山红》插曲，总让我心潮澎湃、热血沸腾。现代京剧中，我最爱看的是《杜鹃山》。尽染群山的杜鹃花，回肠荡气的舞台旋律，总是莫名地唤起我追梦的激情。那时，我还不知道映山红就是杜鹃花。

　　与我不同，妻子长在南方。因家离洪山庙不远，每到春暖花开时节，就去那里看映山红，她是看着映山红长大的。认识了她，我才知道原来映山红就是杜鹃花，才知道杜鹃花是长沙的市花。喜欢映山红，让北方的我与南方的她初次相识便有了共同的话题。

后来两人的结合，准确地说，是映山红做的媒。

　　都说经人介绍的婚姻缺少浪漫，而我的婚姻却浪漫得有些离奇。我是个爱做梦的人，大学毕业后，远赴中南古城长沙就业，圆了儿时以来的南方梦，无奈世事无常，昔日发奋苦学掌握的外语未能在实际中得以发挥，这成了我年轻时最大的苦恼。时光匆匆，彷徨困惑中，进入了而立之年。家乡的父母无时不关心我的婚事，看着他们逐年老去，我一改终身一人浪迹天涯的豪情壮志，决定结婚成家。我以为有了家就可以告慰父母，就会让自己躁动不安的心平静下来。然而还是没有抵住梦的诱惑，为了梦，人有了安稳的职业却还要去漂泊，有了温暖的家却还要选择离别。时值广东沿海地区率先开放，有志之士纷纷南下寻梦。在汹涌的南下潮的诱惑下，我辞离长沙的高校，成了时代的弄潮儿。

　　那是我与妻子的初次离别。出发的前日，两人去了洪山庙。时值暮春，映山红红遍了整个山岗，空谷中不时传来杜鹃鸟的啼叫。传说中的杜鹃鸟是一种痴情的鸟，为守候爱情，日日啼叫，啼血染红的花便是杜鹃花，为此，自古以来杜鹃花便被认为是期盼团聚的象征。那天，妻子告诉我，映山红有山野草根的生命力，即使在岩缝中也能顽强地生长，执着地等待着暖春的到来；告诉我映山红与许多花不同，无论近看还是远眺都是一样的美。与我一样，妻子也是爱静的人，爱静的人也许生来就耐得住孤独寂寞，当我为寻梦踏上漂泊之旅，妻子便无怨无悔地选择了等待，就像寒冬里期待春天的映山红开花一样。

　　寻梦人时常被梦愚弄。南下广州的我，几经周折，进入了某中日合资企业，圆了向往已久的翻译梦，昔日苦于无法应用的外语得以淋漓尽致地发挥作用。然而不知为何，随着时间的推移，无论是在机器轰鸣的工厂车间里，还是在气氛紧张的客户会议上，翻译这一工作，都让我感到有种说不出的不适，于是屡屡跳槽。跳槽，本为寻找更理想的职业，寻求更好的发展，我却只为消除内心的不适感，然而事与愿违，到头来非但未能适应，反倒越发清醒地认识到，孤僻、爱静、性情隐逸的自己不适合与上司形影不离、经常抛头露面的翻译职业。

那段日子里，我遇到了不少南下寻梦的同龄人，他们与我一样，都不满足于现状，都怀着激情和梦想，寻找着适合自己的地方、适合自己的职业。然而，关于哪里是适合自己的地方，什么职业才最适合自己，他们与我一样，似乎都很模糊，都很迷茫。此时的我才感到外面的世界很精彩，却也很无奈。

作为翻译，我常随上司到外地出差，工作闲暇，得以寻访许多曾经闻而未见的古迹名胜，引发了浓浓的怀古之情，诱发了绵绵的思乡旅愁。登岳阳楼，面对烟波浩渺的洞庭湖，耳边仿佛传来范仲淹慷慨激昂的陈词："登斯楼也，则有心旷神怡，宠辱偕忘，把酒临风，其喜洋洋者矣。"伫立黄鹤楼上，仰望茫茫太空和悠悠白云，仿佛听到了黄鹤悲凉的鸣啼："昔人已乘黄鹤去，此地空余黄鹤楼。黄鹤一去不复返，白云千载空悠悠。"漫步在清秋幽静的寒山寺，那远去的钟声仿佛又在耳边响起："月落乌啼霜满天，江枫渔火对愁眠。姑苏城外寒山寺，夜半钟声到客船。"雨中观六朝古都，总引发莫名的忧伤和惆怅："南朝四百八十寺，多少楼台烟雨中。"那些耳熟能详的古典诗词，伴着旅愁和伤感，强烈地撞击着我的心。想来在这个世界上，每个人都带着不同的情感寻觅着属于自己的那块心灵天地。陶醉于自然风景，超越时空邂逅古时的文人墨客，我仿佛置身于绚烂多彩的古典世界，隐约感到充满诗意、空灵的古典梦在轻轻地呼唤我。

南下广州的翌年，为拓展公司的产品销路，我随销售顾问在成都驻留了三个月。与商业气息浓厚的广州不同，巴蜀大地厚重的文化底蕴，悠闲的都市风情，独特的自然景观，都令我感到久违的清新和舒爽，无奈工作繁忙，白日里忙于客户走访、市场调查，晚上翻译相关资料，无暇领略蓉城的闲逸和浪漫。自大学时代，我就喜欢笔译，笔译适合我爱静孤僻的性格。为提高笔译能力，我曾发奋通读收录十余万词条的《现代日汉大词典》，试译过很多短篇文学作品。毕业后，利用工作闲暇，历时三年，试译了中国文学史方面的书，然而当面对那些市场资料时，不知为何，竟完全没有了往日的激情。在我看来，外企的每个人都像机器，为了公司能盈利，每日高速运转，连那些市场资料似乎都散发着铜臭味。随着时间的推移，我越发感到自己与这弥漫着浓浓商业气息的世界格格不入。

人一旦对工作失去激情和兴趣，便暗生抵触情绪。每日，我被动地忙碌着，苦苦地煎熬着。时光缓缓流逝中，迎来了"五一"黄金周。厌倦了每日不得不与上司如影随形的翻译工作，当独自一人时，便有种难以言说的轻松感。我游三峡、赴白帝城、观都江堰、访杜甫草堂、拜武侯祠，陶醉在巴蜀大地古老的历史文化中，超越时空邂逅了古代的很多文人墨客，暗合了我憧憬古典的心境和浪漫的情怀。游三峡时，为其宏伟壮观惊叹不已，中学时代学过的《三峡》脱口而出："自三峡七百里中，两岸连山，略无阙处。重岩叠嶂，隐天蔽日。自非亭午夜分，不见曦月……"访武侯祠时，情不自禁地吟诵曾经熟读过的杜甫诗："丞相祠堂何处寻，锦官城外柏森森。映阶碧草自春色，隔叶黄鹂空好音……"远在长沙的妻子打来电话问我何日回家时，我还饶有兴致地引用李商隐的诗回复："君问归期未有期，巴山夜雨涨秋池。何当共剪西窗烛，却话巴山夜雨时。"

五月的巴蜀大地，到处是杜鹃花，杜鹃花怒放的山野河畔，时而回荡着杜鹃鸟的啼叫，如空谷猿鸣，哀伤凄苦。羁旅巴蜀，我切身感受到了那些曾经爱读的古诗中流淌着的绵绵旅愁和淡淡哀思，感受到了内心萌动的那份古典情结已将我对外企仅存的幻想一扫而尽。《徒然草》也是在那段日子里读完的，正是这部古典随笔促使我急流勇退，决然辞离了外企。《徒然草》中说："选择最要紧之事并迅速付诸行动。若该放弃的也不肯放弃，到头来会一事无成。"外企没有我要寻找的梦，在没有梦的地方多停留一刻都是痛苦的。

离开成都的前夜，我漫步在锦江之畔。辞离了外企，感到从未有过的轻松舒爽，只是想到明日，又有种说不出的困惑茫然。微风乍起，撩起江面细波，遥望隔江月色，愁绪如涟漪，在内心荡漾。岁月如流，转眼间，来到这西南古城已数月，目睹江岸的杜鹃花别过春日的温情，迎来初夏的烟雨，不由得感慨万千。人心无常，总是时而坚强时而脆弱，时而淡定时而迷茫。当年，初遇映山红，得知映山红就是杜鹃花时，我还无法将两者联系在一起。自寻梦南下，辗转来到这巴蜀大地，不知不觉中，杜鹃花与映山红已在我内心融为一体。看到杜鹃花，便情不自禁地想起长沙的映山红，想到独守家中、期待我梦想成真的妻子，不由得暗自悲叹。想来人行走世间，总是为梦奔波，而浮生若梦，梦醒时分，方知一切如梦。夜风勾起内心无尽的惆怅，茫然中，我带着破碎的梦，悄然离开了蓉城。

　　妻子没有因期待落空而悲观失望，平静地安抚漂泊归来、身心疲惫的我，为我洗去行客的风尘。我猛然醒悟到自己从未想过为家而奔忙，满脑子都是梦。为了梦，我行我素，一意孤行；为了梦，逆旅漂泊，辗转天涯。想到这里，不由得深感愧疚，感到为了家也该放下行囊，摆脱梦的纠缠，从此不再漂泊。

　　重返长沙，意味着一切又将从零开始，好在命运对我不薄，不久便获悉湖南 R 大学在招募外语教师，于是赶去面试。自南下广州，我多次经历职场面试，每次都能有惊无险地通过，R 大学的面试也不例外，我又一次幸运地通过了面试。曾经放弃的"铁饭碗"，又鬼使神差般地找了回来。

　　有过紧张忙碌的外企工作经历，才深感人生最惬意的莫过于有自己的时间和空间，方懂得只有在属于自己的自由天地里，才能静心做自己喜欢的事。大学不同于企业，教师平日不坐班，有很多可自由支配的时间，于是得以潜心品味曾经多次令我心动的《庄子》和《徒然草》。人生，就像一部读不懂的书，也许漂泊后的日子太过于平淡，也许从《庄子》《徒然草》中得到的启示太多。随着岁月流逝，梦，又开始在我内心萌动。

儿子刚满三岁那年的春天，在一个风和日丽的周日，一家三口去了洪山庙。那天，我向妻子透露了赴日本自费留学的愿望。留学，意味着又将辞去安稳的大学工作，又将让刚刚平静下来的生活再起波澜，又将与家人天各一方，又将接受一场漫长的别离。妻子沉默了许久才对我说："既然想好了就不要犹豫。"

那年，我三十六岁。妻子知道，这个年龄选择留学，就像赶末班车，已没有踌躇的余地。她也知道，这个年龄的男人正处于需要拼搏奋斗的时期。那年，我即将晋升职称，分到住房，若去留学，一切都将化为泡影。此时，又是《徒然草》坚定了我的信心。兼好法师说："决意求道者，即使世上还有难以割舍或留恋之事，亦不该有所顾虑，应及时放弃。"命运，仿佛早已为我铺好了一条追梦之路。就像从前南下广州一样，在映山红开的季节，我又一次决定到远方寻梦，又一次将自己推到人生的风口浪尖，而妻子又将面临一场漫长的等待。

告别学生时代已整整十年的我，踏出国门，开始了漫漫的求学之旅。与十年前的大学时代不同，此时，周围多是比我年纪小很多的人，与他们在一起，总有太多的感慨，有时甚至不明白自己为何到了这个年纪还要选择留学，只有想到梦才会说服自己。我太喜欢古典文学了，如果不迈出这一步将会遗憾终生，我就是靠梦维系着每天的生活的。自费留学充满了艰辛，为维持生计，学习之余，还要打工，每日过得忙忙碌碌。忙碌中，樱花匆匆谢去，古都迎来了新绿时节。

暮春的新绿中，最绚烂夺目的是杜鹃花。京都的杜鹃花色彩缤纷，有红、白、紫等，看到杜鹃花，总想起长沙洪山庙的映山红，于是，内心涌起难以言说的酸楚悲凉。留学前，我曾打算把家人接到身边，然而现实与梦相悖，别说照顾家人，连维持自己的学业都很困难。妻子得知内情，劝我安心学习，不必为此纠结苦恼。收到妻子来信的那天，我去了京都三室户寺。

三室户寺是花寺，除八仙花外，最多的就是杜鹃花了，有一万多株。那天下着小雨。细雨霏霏中的杜鹃花，远看云蒸霞蔚，近观姹紫嫣红，那情景又让我想起洪山庙的映山红。求学之路漫漫，归期遥遥。想到与家人的漫长离别，不由得感慨万千。《庄子》曰："知不可奈何而安之若命，唯有德者能之。"选择了梦，就意味着会有离别，就意味着会有等待。面对人生的无奈，唯有泰然处之，坦然接受。目睹雨中激情怒放的杜鹃花，我说服了自己。

从那以后，每年的暮春时节，我都去三室户寺看杜鹃花。年年岁岁花相似，岁岁年年人不同。花木荣枯有定，人生聚散无常。离别聚散中，我懂得了聚散随缘。离别的日子里，想到有人等待，就越发努力，不敢蹉跎时光，生怕辜负了等待。离别中，我习惯了独处，适应了孤独。孤独中，找到了属于自己的隐逸，使自己在得天独厚的环境中执着追梦，于是离别也成了动力。

同为古都，杭州与京都相似的地方很多，杜鹃花种类多便是其一。杭州的杜鹃花有的是常绿植物，有的为落叶植物，有的开在芳菲四月，有的入梅后才绽放。然而，不论是早开的还是晚开的，不论是常绿的还是落叶的，远看近看都是一样的美。看杜鹃花，我懂得了世间有一种美是由距离产生的。

自来杭州，我依然与家人聚少离多。人间久别不成悲，离别久了，离别也变得从容；等待久了，等待便不再是煎熬。离别和等待中，我感悟到了充满诗意的人生。诗意的人生离不开梦，诗意的人生为梦而甘于在花前月下感受孤独寂寞，在清风明月中体会悲欢离合。五月的杭州，无论走在哪里，都会遇到杜鹃花，目睹姹紫嫣红、激情绽放的杜鹃花，我总想起洪山庙的映山红，想起妻子说过的话：映山红有山野草根的生命力，即使在岩缝中也能顽强地生长，执着地等待着暖春的到来。与映山红一样，杜鹃花让我感到了梦的美丽、梦的魅力。

秋月

西湖赏月有别样的情趣，明镜般的圆月倒映在平静的湖面上，使人不知不觉陶醉在天上人间的和谐与江南秋夜的美妙中。自来杭州，我已连续三年在中秋时节去西湖赏月了。中秋的月是明亮的，然而，中秋的夜并不都是晴朗的。与前两年不同，今年的中秋节，天空一直阴沉沉的，傍晚时分，淅淅沥沥地下起了小雨。尽管知道这将是一个无月的中秋之夜，但我还是去了西湖。

我喜欢看月，早春的晓月、初夏的新月、中秋的明月、严冬的寒月。其中，看得最多的是中秋明月。小时候，年节总是充满无限的诱惑，春节可穿新衣放鞭炮，端午可挂艾草吃粽子，中秋可吃月饼赏圆月，我就是在吃月饼中感受到中秋明月那不同寻常的美的。那时的月饼虽然品种单一、包装简易，没有如今这般豪华考究，却总感觉比如今的月饼香甜可口，令人回味无穷。

中秋之夜，万籁俱寂，明月遥挂中天，月华如水，静静地洒在老家院内尽染秋色的果树上，洒在打谷场上火红的高粱和金黄的谷垛上。全家人围坐在庭院的石桌前，母亲摆好瓜果，沏好清茶，摊开月饼。一包月饼五个，全家五口人，每人一个，然而父母总是将属于自己那份的大半留给我们，全家人边吃月饼边赏月。爱做梦的我，总是痴痴地凝望着明月，幻想着嫦娥抱着玉兔走出月宫，吴刚捧出飘香的桂花酒。

我曾问过母亲，为何月饼总是圆的，母亲说因为中秋月是圆的，告诉我月饼就像中秋的月亮，意味着团圆，象征着美满。然而，从小沐浴在家庭的温馨与父母的慈爱中，我虽懂得花好月圆之美，却对美满团圆无切身感受，总觉得眼前的一切都是那么理所当然，那么平淡无奇。在我心目中，最美的风景、最好的梦皆在远方，所以，当母亲感叹故乡的月最圆、最美时，我却不能体会此话的真谛。

为追寻心中那最美的风景、最好的梦，大学毕业后，我远离故土，到了中南古城长沙。时值农历八月，佳节又中秋。异乡赏月，月还是那么圆，月光依然是那么柔，月色还是那么美，然而不知为何，月光总是轻轻撩拨着我敏感的神经，月色中总闪现着别样的清冷和苍凉，月圆中总隐藏着一种令人感伤的无奈和缺憾。人就是这样，当习惯了某个风景时，就总也感觉不到它的美，一旦远离了那个风景，才感到它的魅力，开始对它依恋。异乡望月时，才感背井离乡的滋味，才体会到什么是乡愁。这种乡愁在一年一度的中秋节时最为浓烈。

在我看来，中秋的圆月如明镜，仿佛能折射出故乡的古朴家园、连绵群山、悠悠白云、弯弯小河，能看到父母慈祥亲切的笑容、深情守望的身影。于是常常情不自禁地轻声哼起老歌《十五的月亮》《望星空》，总是默默吟诵那些熟悉得不能再熟悉的古诗："床前明月光，疑是地上霜。举头望明月，低头思故乡。""无言独上西楼，月如钩。寂寞梧桐深院锁清秋。剪不断，理还乱，是离愁。别是一般滋味在心头。"切身感到这些经典老歌和古典诗词的深情动人，仿佛替我倾诉着内心无法排解的乡愁。秋月的多情和温柔使我变得多愁善感，多愁善感的人更易与文学结缘，我越发感到很多经典老歌、古典诗词道出了自己丰富细腻的情感，越发感到古典文学的巨大魅力，于是更加钟爱古典文学。

喜欢文学的人，生活总少不了浪漫色彩。留日期间，每至中秋，我都去石山寺赏月。石山寺位于京都附近的滋贺县大津，是日本古典文学花开的舞台。传说平安时代的女作家紫式部在此遥望秋月，写下了惊世巨著《源氏物语》，为此，日本民间每年中秋都在石山寺举办赏月活动，名曰秋月祭。我探访石山寺，说来也与《源氏物语》有关。在国内读大学时，我学的专业是日语。记得第一次从图书馆借出的日本文学作品就是《源氏物语》，然而，刚读开头几句便退还了，我意识到自己的外语水平还无法欣赏古典文学。不过，古典文学与我有宿命之缘，因为多年后邂逅了《徒然草》，为研究这部古典随笔，我选择了自费到日本留学。读研究生期间，特意选修了《源氏物语》，利用闲暇，细读了著名作家濑户内寂听的巨作《我的源氏物语》，观赏了由《源氏物语》改编的电影《千年之恋——源氏物语》，探访了与《源氏物语》有关的名胜古迹，于是也到了石山寺。

然而，在石山寺，我并未沉浸在《源氏物语》的世界中，强烈吸引我的是中秋明月。石山寺有赏月的独特氛围，寺内点缀着上千个烛火，那闪动的烛光与天上的明月遥相呼应，象征着人间和天上的和谐。正殿大厅里，在举办古典音乐会，二胡独奏的乐曲缓缓飘来："明月几时有？把酒问青天。不知天上宫阙，今夕是何年。我欲乘风归去，又恐琼楼玉宇，高处不胜寒。……"同一首歌，地点不同，感觉亦异。我没想到在这异国的山寺里能听到祖国的音乐，听着熟悉的二胡曲调，仰望中天的明月，我恍然读懂了诗人"何事长向别时圆"的感慨。

《徒然草》中说："秋月最美，不知区别秋月与其他季节之月，认为月与季节无关，乃不谙情趣。"对身在异国的游子而言，故乡就是月，月就是故乡。想到故乡，便想起父母，想到父母含辛茹苦地把我养大，想到自己还没有报答父母的养育之恩便为梦而远行，不禁黯然伤神。也许此生注定了要远离故土，注定了要与月结下不解之缘。遥望中秋明月，我仿佛穿越时空，回到了魂牵梦萦的故乡，见到了深情等待我的父母，客居异国的愁苦也因此化解了许多。从此，秋月在我心中便成了一道特殊的风景。在日本留学的岁月里，每逢中秋，我都要去石山寺赏月。

　　某年的中秋夜，我从石山寺归来的途中，一个流浪汉躺在路边的长椅上，目不转睛地望着月，皎洁的月光洒落在他的身上。从不与陌生人搭话的我，那天不知为何，竟发出了一句感叹："月光真美啊！"他听到我的话，默默地点了点头，月光下，依稀可见他眼里闪动着泪花。在日本，有一支流浪汉的队伍，平日集聚在公园、车站、桥下、路边，他们中的很多人是在人生和事业中遭受挫折、失败的人，因无颜面对江东父老，选择了流浪。那个流浪汉也许内心期待着与家人的重逢，所以，看到皎洁的明月，感到飘零的灵魂得到了一丝温暖、一时慰藉吧！

　　《庄子》曰："相视而笑，莫逆于心。"《徒然草》中说："赏月，可忘却世间烦恼，内心获得暂时慰藉。"月，不需要语言，只要静静地遥望，便懂得人世间的一切。从古到今，月，历经沧桑无数，却依然晶莹明净、宁静深沉、旷达淡泊。月，连接着古今，照亮了千年古人的风雨路程，让今人超越时空与古人相逢，将其温柔静静地铺洒在大地的每个角落。在我看来，《庄子》和《徒然草》恰似中秋的明月，超越了时间，超越了国界，感动了古人，滋养着今人。异国赏月，我感到了月的伟大。赏月中，我的视野变得更开阔了。

　　雨夜的西湖，游人稀少。漫步在雨中，倾听雨声，我想起了《徒然草》："难道樱花只在盛开之时最美，月亮只在晴朗的夜最迷人吗？细雨蒙蒙里，依恋隐于云中的月；深居家中，不知春天已悄然远去，想来亦有无限的情趣。"世间万物，贵用心体会，换位思考。纵观世俗世界，人们习惯了花开月圆时的美，其实花落月隐时亦有无限情趣。中秋雨夜，月隐于云中，却与月明风清时一样，我漫步在白堤上，便自然想起白居易的"三五夜中新月色，二千里外故人心"。行走在苏堤上，便情不自禁地吟诵起苏轼的"人有悲欢离合，月有阴晴圆缺，此事古难全"。自然无常，人生无常，然而，当人以乐观的心态面对人生，以积极的心态面对"无常"时，中秋的雨夜便与月圆时一样美、一样心动。世间万物，有时用眼看不见，却能用心欣赏。雨夜的月，宛如隐士，使人感到隐的情趣，暗示着最美的风景在心里。只要心中有月，即使是雨夜，仍会感到月的柔情、月的明亮。

梦中缘

艾草

清晨醒来，我想起了艾草，于是，天刚亮便出了家门。

第一次在杭州过端午节，还不知道在这江南的土地上是否生长艾草。我住的小区周围群山逶迤，树木葱茏，花草繁茂，也许会找到艾草。就在我边走边想时，忽见路边草丛中隐约晃动着几片不显眼的浅色绿叶，靠近细看，果然是艾草。我俯下身，摘下一片含露的嫩叶闻了闻，一股久违的、淡淡的清香扑鼻而来。环视四周，依稀可见树下的草丛中默默地生长着很多参差不齐的艾草。我兴奋至极，便就地采摘起来，还选摘了两片嫩叶夹在耳边。

自古以来，艾草就被誉为吉祥草，可祛恶辟邪，除病免灾。在内蒙古老家，端午清晨，妇女们将艾草插于发间，男人们将艾草夹在耳边，各家还用艾草和杨柳枝装点门窗。插在门窗上的艾草，直到翌年的端午才取下换新。记得小时候，有一年，端午刚过，我就急着要取下那些晒蔫的艾草，结果被母亲制止了。

父母极为重视岁时节气，总是虔诚地呵护着节日风俗。每年的端午节，天刚亮，父亲便外出采摘艾草。艾草零散分布于田间地头、河岸草丛，每次去采摘，都要花很多时间。看到浑身被露水沾湿的父亲，我想，如果庭院里能生长艾草该多好，那样父亲就不必如此辛苦了。爱幻想的我，于是在内心描绘庭院中生长出艾草的蓝图。为使梦想成真，某日放学途中，我采挖了很多艾草带回家，全部栽在院内的老井边。第一次移植艾草，能否成活，全无信心。

那几日，我寝食不安，夜里醒来还到井边观察一下。令我欣慰的是，那些被晒蔫的艾草几天后竟恢复了元气。不到两个月，井边就被青青的艾草覆盖。艾草生命力极强，繁殖力也令人惊叹。几年后，墙角边、果树下，连菜地里也长出了艾草，这让父母好不为难。不过，从那以后，每年的端午节，父亲不再为采摘艾草而奔波了，邻居们也来我家采摘。小梦成真，我因此得意了很久。

艾草散发的芳香可驱蚊虫，每年端午节，母亲都将那些换下的枯艾磨碎，制成艾香。夏夜，我在室内读书学习时，母亲总是在窗前悄悄地燃起一支自制的艾香。艾草的清香不但驱逐了蚊虫，还轻柔地拂去了我的倦怠和困意。艾草对治疗冻伤亦有特效。故乡的冬季寒冷，小时候，我年年被冻伤困扰，母亲年年煮艾草为我疗伤。那伴着蒸气徐徐弥漫的艾草芳香，我至今难以忘怀。

在平淡的日子里，有时也会遇到惊喜。在日留学期间，我忙里偷闲，走访了很多古寺名刹。长谷寺是著名的花寺，以牡丹闻名。某年，我去那里赏牡丹，却被在路边叫卖的点心所吸引。通往寺院的人行道两边，店铺鳞次栉比，其中很多店专卖艾叶糯米点心，我好奇地买了两个品尝，艾草特有的芳香强烈地刺激了我，引发了我浓浓的乡愁。那天，我才知道，原来日本也有艾草。返回京都后，我在住所附近的草丛中仔细寻找，果然发现了很多。

异国逢艾草，宛如邂逅前世一段未了的缘，思乡之情如丝如缕。从此，每年的农历五月初五，我都要采摘一些艾草，将其插在住所的门窗上，并一直保留到翌年的端午才取下换新。古代日本深受中国文化影响，也有过端午的习俗，平安时代的随笔文学名著《枕草子》这样描述："节日要数五月五，菖蒲艾草之香，清新舒爽。上自九重城阙，下至庶民宅宅，户户悬挂，情趣盎然。"《徒然草》也提及端午，并如此描写初夏："驱蚊的熏烟，洋溢着生活的气息，月末之被，充满了季节的情趣。"此句虽未言明用来驱蚊的是何物，却总让我想起艾草，牵动我绵绵的乡愁、平添淡淡的伤感，于是，我联想到《庄子》中的"越人薰之以艾"一句。普通的描述竟让我感受到了古典文学的魅力。留学期间，我一直住在京都，是因在这片土地上，有很多像艾草这样令我魂牵梦萦的风景。

正是江南好风景，落花时节又逢君。初次在杭州过端午节，便遇到了艾草，于是，思恋故乡的那根敏感神经又被轻轻拨动。父母相继离世后，在我心中，故乡变得异常遥远。多年来，乡愁缠绕着我，使我陷入想回又不敢回的痛苦纠结中。然而越是纠结，就越是对那片土地充满热切的渴望和深深的眷恋，以至多次梦里回乡。是艾草给了我勇气，让我又踏上了故乡的那片热土。

母亲逝世一周年之际，我回到故乡。那时的老宅虽已无人居住，然而褪了色的大门、篱笆栅栏、木格老窗、水泥灶台，铺着竹席的土炕，充满沧桑感的辘轳老井，攀附于木篱上的豆角枯藤，伴我成长的榆、杏、梨、枣、槐等树木，还依旧保留着。而今，那过往的老宅痕迹早已被岁月湮没，荡然无存，出现在眼前的是高大的红砖瓦房。那里住着侄儿一家，除了侄儿，其他皆为陌生面孔。当左邻右舍的孩子们围过来，好奇地问我从哪里来时，我想起了古诗"儿童相见不相识，笑问客从何处来"。平日里，不经意说出口的古诗，此时想起竟如此撩人心扉，引人感伤。正所谓：平时未解诗中意，偶吟却是诗中人。

对在外飘零多年的游子来说，故园，总是令我魂牵梦萦。那里的一草一木，不知多少次在我梦中出现，我不知多少次默默地祈祷——无论何时回去，故园依旧是往昔的故园。然而，那梦中的深宅旧院，那心中的篱笆栅栏永远消失了。如今的故园没有了往昔那种倦鸟归巢的温暖，只有一种隔世的陌生，唯一给我慰藉的是在墙角及井边静静地生长着的艾草，想到那是自己儿时移植的艾草繁衍下来的，不禁感慨万千。故园发生了翻天覆地的变化，只有艾草不言悲喜，依然倔强地生长，默默地固守着。从它们身上，依稀可以看到旧日淳朴真切的时光剪影，感受到往日田园生活的温情，寻找到天真烂漫的旧梦。

黄昏时分，我去了父母的坟地。与多年前一样，坟地的四周依旧是那般荒凉沉寂，只是增加了不少新坟，而旧坟变得越来越小了。伫立在被衰草覆盖的父母的坟前，睹物思人，我想起了《徒然草》中的一段话："'去者日以疏。'岁月流逝中，逝者与尘世的因缘逐渐淡去……除忌日外，平日无人造访。于是，墓碑生苔，墓体积满落叶，夜里只有风月相伴。曾为死者送行的人在世时，偶然忆起当年，尚且感伤落泪，若知情者亦离开了人世，后人只能通过传闻，获悉故人生前的故事，却不能引发悲伤。岁月流逝中，若连扫墓风俗亦消失，则无人知晓墓中究竟为何人，只有周围丛生的野草、墓边耸立的老松，偶尔引发世人的感慨……"

我茫然环视着周围。多年的干旱让周围的野草变得枯黄，只有少数还留有绿色，其中便有艾草。想到这些艾草在风吹日晒中默默地、顽强地生存，日日夜夜陪伴着父母，我心中有一种说不出的感激。

离开坟地时，夕阳已西下，倦鸟正还巢。远远望去，故乡的小山村笼罩在袅袅炊烟中，一片古朴的苍茫。我曾无数次忆起故乡黄昏时的炊烟，每次想起都感到无比温馨。记忆中的场景宛如一幅深沉的水墨画，令我魂牵梦萦。然而，当那心中的水墨画如梦幻般展现在眼前时，却又如此令人失魂落魄。我停下脚步，茫然四顾。曾经养育我的这一片热土，如今竟如此难以走近，如同回不去的故乡。

正当我惆怅迷惘、感伤落泪时，不经意间，路边的几株艾草映入眼帘，在坚硬的水泥路面的裂缝中，它们静静地生长着，行人在它们身上踩踏，车辆从它们旁边轧过，它们却不惊不扰，默默地、倔强地昂着头。瞬间，我的心再次被这沉寂的生灵深深打动。想来艾草与人一样，经历着世间的无常变幻，然而与人又不一样，艾草从不因无常变幻而悲伤哀叹，任凭物换星移，无论置身于何种境遇，都是那么淡然超脱。看着艾草，我不由得想起一首老歌："没有花香，没有树高，我是一棵无人知道的小草。从不寂寞，从不烦恼，你看我的伙伴遍及天涯海角。春风啊春风，你把我吹绿。阳光啊阳光，你把我照耀。河流啊山川，你哺育了我。大地啊母亲，把我紧紧拥抱……"

艾草，朴实无华，淡泊低调，平日隐于草丛，宛如隐士，不细看很难察觉。艾草的适应力极强，无论置身于何处，都是那样与世无争，乐观平静，淡泊超然。艾草的隐逸风骨、顽强的生命力令我发自内心地敬佩。我不由得再次环视四周，自从寻梦离开了这片土地，乡愁就无时无刻不伴随着我。随着岁月更迭，时光沉淀，乡愁与梦已融为一体。多年来，我逆旅漂泊，伴着乡愁苦苦寻梦，寻梦中，乡愁与日俱增。当我怀着无限牵挂、无限眷恋，回到魂思神往的故乡，发现这里已不再是梦中的故乡时，不由得为自己在寻梦中失去故乡而怅然不已。然而，遇到艾草，想到它们历经沧桑变化，在夏去秋来中悄然老去，在冬去春来中静静萌发，依然默默地生长在这块土地上，感慨之余，仿佛找到了精神家园。

我想起了《庄子》中的"无何有之乡"。"无何有之乡"乃道的境界，庄子以道为故乡，超越世俗，逍遥于充满诗意的精神世界，为自己找到了安身立命之所。对寻梦者而言，故乡，是令人魂牵梦萦、深沉美丽的心象风景。与艾草重逢于杭州，我仿佛在这美丽的江南找到了心灵的归宿。

艾草

石榴

　　还未至中秋，杭州的超市、水果店便有新鲜的石榴上市。看到石榴，我总想起姨妈。在日留学期间，亲属中做长辈的相继离世，如今，只有姨妈一人还在了，所以平时最牵挂的也就是姨妈。回国来杭定居后，我打电话约姨妈来杭小住，姨妈欣然答应。考虑到姨妈从未来过南方，恐难适应杭州炎热的夏季，于是说好让她待入秋转凉后再来。

　　然而，姨妈的杭州之行因儿媳的分娩而未能成行。姨妈的儿子远在呼和浩特，身边没有什么亲人，一时也找不到合适的保姆，姨妈便决定亲自去照看孙儿。此去呼和浩特路途遥远，不知何时才能返回，姨妈在电话里对我说，她最放心不下的就是庭院中的那棵石榴树了。提到那棵石榴树，我不由得感慨已多年未吃到那棵树上结的石榴了。谁知我无意中说出的这句话，竟让姨妈推迟了出发时间，直到中秋节后，给我寄出石榴她才离家。姨妈寄来的石榴只有三个，看着那三个石榴，我的泪水夺眶而出。

　　我的老家并不产石榴。过去，对家乡人而言，石榴，只在画中才能见到。如此稀罕的水果，我却从小学到大学毕业，年年都能吃到，因为姨妈家有一棵石榴树。姨妈家的那棵石榴树，是多年前托人从很远的地方移植来的。石榴不耐寒，姨妈将其栽植在阳光较充足的窗前，每年冬季为其制作防冻护具。在姨妈的悉心呵护下，石榴树茁壮成长，我上小学时它就开花结果了，就是从那时起，每年中秋节前夕，姨妈都要专程给我家送来石榴。

姨妈每次送来的石榴只有三个，母亲每次将其中两个切开分给家人品尝，留下颜色最好的一个，摆放在茶几上，清扫房间时细心擦拭。我曾对母亲发过牢骚："石榴是吃的，这样只当摆设，岂不浪费？"母亲却反问我："谁说水果就非吃不可？"当时，我对母亲的话很不理解。

每年学校放暑假，我都要去姨妈家玩几天，每次都适逢石榴花开。小红花点缀在稀疏的枝头上，宛如燃烧的小火球。看到石榴花，我总忘不了提醒姨妈今年要多送几个石榴给我。从小备受姨妈宠爱的我，说话总是无所顾忌，姨妈也是尽力满足我的要求，但只有石榴一事，从未守约，年年答应我，年年送来的总是三个，为此我颇有怨言，觉得姨妈太小气了。

高一那年，我去姨妈家比往年晚，石榴花已谢，枝条上稀稀落落地垂着青涩小果。我数了数，只有九个。姨妈告诉我，与其他果树比，石榴开花少，且多为虚花，结的果自然也就很少，若遇暴雨冰雹，便所剩无几。我恍然明白了为何姨妈每年只给我家送来三个石榴，想到自己为此事一直"耿耿于怀"，不禁深感羞愧。我感叹道："石榴花美，石榴果甜，但石榴果少是最大的缺憾。"然而，姨妈却说："少不一定都是坏事。"平日里，我总觉得好东西越多越好，所以姨妈的话一时让我无法认同，不过，从那以后，姨妈送来的石榴，我再也不忍心马上吃掉了。

物以稀为贵，对自己的珍爱之物，一般不愿与他人分享，可姨妈总是说，正因为少，分享才更快乐。每年中秋，姨妈除了送给我家，还将剩下的石榴与左邻右舍一同品尝。姨妈知书达理，平日生活节俭，却乐善好施，总是热心帮助他人。我读大学的那几年，经常得到姨妈的接济。

姨妈每次给我汇二十元。现在看来，二十元钱简直不值一提，但对当时在村小学任民办教师，每月工资仅有六七十元的姨妈来说却是一笔不小的开支。每次汇款，姨妈都要在汇款单上留言：别嫌少，买点书什么的。

我上大学后，只在寒暑假时回家，不再像以往那样，在中秋节时吃到姨妈送来的石榴了，然而姨妈每年总会给我留一个石榴。母亲曾告诉我，为了保鲜，直到深秋，姨妈才将石榴从树上摘下。

我大学毕业，即将远赴南方的时候，母亲透露了一个秘密，原来姨妈家的那棵石榴树是特意为母亲栽植的。先于我们兄弟三人，母亲还生育了三个女孩，皆因当时的流行病而夭折，母亲为此悲伤成疾。姨妈看在眼里、痛在心上，就托人从远方购来了石榴树苗。石榴多籽，寓意多子多福。姨妈栽下石榴树后，便期待着早日开花结果，送给盼子心切的姐姐。也许姨妈的慈悲感动了上苍，从此母亲便再也没有孩子夭折了。

听了母亲深藏多年的秘密，我发自内心地敬佩姨妈。姨妈年年送石榴，母亲年年将其中一个摆放在茶几上，不舍得吃，原来背后有如此动人的故事。只是想到姨妈说过的"少不一定都是坏事"这句话，又感到疑惑不解，因为姨妈的这句话与曾经祈求母亲多子多福的愿望相悖。

到了南方后，我就再也没吃过石榴了。南方产石榴，想吃随时能买到，但不知为何，总觉得一个人吃不下。母亲是在我留学期间病逝的，那年，我收到了姨妈的信，信写得很长，都是关于母亲的，字里行间洋溢着她们姐妹间的深情厚谊。信中，姨妈嘱咐我，多一些爱心，少一些私欲，多一些笑容，少一些愁苦，人生就会达到另一种境界。读了姨妈的信，我恍然明白了曾经冥思苦想却一直未能参悟的多与少的关系。

留学期间，我寄宿于京都山科区的公寓，公寓附近有一人家，院内有一棵枝头探出墙的石榴树。入秋后，几个黄中透红的石榴便稀稀落落地垂在墙外。每次看到那几个石榴，我便想起姨妈家的石榴树，想起姨妈年年送给我家的三个石榴。自从到日本求学，我便一直利用业余时间打工，进入博士课程后，学习任务加重，只好减少打工次数。收入少了，原本清苦的留学生活变得越发拮据，然而追梦的激情没有泯灭，反而燃烧得愈加炽烈，于是恍然感悟到姨妈说的"少不一定都是坏事"这句话的内涵。

在多与少的取舍上，很多人在认知上存在着矛盾。对多、少的理解不同，人生的幸福感也不同。《庄子》曰："知足者不以利自累也。"在名利熙攘、物欲横流的世俗社会，应经得起各种诱惑，不为欲望所驱使，将知足视为一种境界。多一分真实，少一分虚伪；多一分淡泊，少一分计较；多一分雅量，少一分狭隘。万事随缘，身心才会轻松，世间万物看上去才更有情趣。

石榴

夏日里，走在酷暑炎炎的杭州街道上，不经意间，总会遇到静静绽放的石榴花。石榴与其他果树相比，无论是开的花还是结的果都少，且花香极淡，然唯少最美，唯淡最香。石榴如美人，像高士。夏日，我喜欢看石榴花在烈日下火红俏丽地燃烧，在微雨中凝着雨露绽放激情；清秋时节，我爱看黄中透红的石榴稀稀落落垂挂在枝头。每年的中秋节，我总要从超市买回一个色泽亮丽的石榴，将其摆放在书桌一角，每日细心擦拭。

广玉兰

　　初夏的某个周日，我去了法华寺，那是我回国后第一次探访古寺。法华寺位于西湖北高峰下的山坞里，是杭州现存的古禅寺之一。那天，寺内游人如织，大雄宝殿前，很多游客围着巨大的铜鼎焚香祈拜。香雾缭绕中，一位白发老人静立一侧，既未执香，也未祈祷，只是出神地望着宝殿前一株高大的广玉兰树。我感觉他的背影有些熟悉，靠近一看，竟是修鞋老人。

　　老人的修鞋铺在我租住的公寓附近，铺前有小庭，庭中有一株枝繁叶茂、亭亭玉立的广玉兰树。那株广玉兰树吸引着我，每次路过我都不由自主地将目光投向铺内，于是，枯坐树下、埋头修鞋的老人的身影就会映入眼帘。偶然在古寺相遇，令我颇感意外。老人神态专注，就像修鞋时一样。我未靠近，只是静立一旁，与老人一同观赏着那株广玉兰。那是法华寺内最高最大的广玉兰树，时值初夏，树上开着几朵纯白硕大的花，在墨绿、厚重、浓密的树叶映衬下显得冰清玉洁、淡雅素净。

　　初遇广玉兰是在日本留学时。京都多古寺，我闲暇时常探访。我访古寺，说来与《徒然草》有关。兼好法师说："置身于深山古寺，专心侍佛时，便不感无聊寂寞，烦恼亦会自然消除。"我非佛教徒，探访古寺从不烧香祈祷，只喜欢古寺的晨钟暮鼓、静寂空灵、鸟语花香。信步在青石铺就的曲径，赏古木花草，听虫吟鸟鸣，幽静中感受时光的缓缓流逝，便有置身于世外桃源之感。随着岁月流逝，我与古寺结下了难解的情缘，也因此邂逅了很多花草树木，广玉兰便是其一。

探访法华寺过了约两个月，某日，偶然发觉鞋底有些磨损，中午下班后便顺路走进修鞋铺，那是我来杭州后第一次修鞋。时值盛夏，正午的烈日灼灼逼人，修鞋铺内却别有洞天。高大挺拔、枝繁叶茂的广玉兰将铺前小庭完全纳入凉爽的树荫下。树荫下，老人仰面躺在旧藤椅上，正打着呼噜酣睡。修鞋铺是一个又矮又小的简陋平房，门窗敞开着，里面的东西尽收眼底：低矮的单人床、生锈的工具箱、褪色的小木桌、发黄的墙壁纸、老旧的收音机……总之，所有进入视野的东西没有一个是新的。

一片树叶无声地飘落下来，划过老人的面颊，静静地落在他胸前。老人睁开眼睛，轻轻拾起落叶，放在小木桌上，见我站在那里，便揉了揉眼睛，微笑着递过小木凳，我脱下鞋递给他。也许久未在树荫下乘凉了，坐在木凳上，仰望广玉兰浓密的枝叶，我不由得感叹道："比起空调，还是自然的阴凉舒服。"然而，话刚出口，便有些后悔，怕老人说我身在福中不知福。毕竟世上还有太多的人在炎炎夏日里、在没有空调的室外，为生活而辛勤劳作。

老人并没有责怪我，他点了点头，兴奋地说，广玉兰树干端直，冠大荫浓，就像天然的空调，夏天遮阳挡雨，冬季避寒御风。如果没有广玉兰，每天的生活将会索然寡味。老人是外地人，来杭已有十几个春秋。修鞋本是移动性行业，但老人自从来杭，从未换过地方，就是因为太喜欢那棵广玉兰树了。两个月前，偶遇于法华寺时，见老人神态专注地凝视着广玉兰树，如今听了老人的一席话，便好奇地问他为何如此钟爱广玉兰。我的话似乎触及了老人的最敏感处，他边修鞋边眉飞色舞地谈起了自己的身世。

老人是"四零后"，小时候，家里人口多，生活清苦，一双鞋要穿很久，破了就补，补了又穿，直到实在不能穿了为止。修鞋是他父亲的业余爱好，因为修得好，左邻右舍也常登门来找。后来，他父亲便索性做起了修鞋的生意。因为没有店铺，就在当地小镇街道边的一棵广玉兰树下摆摊儿。那时，人们都很节俭，什么东西坏了，从不轻易丢弃，总是尽可能修补。正所谓：新三年旧三年，缝缝补补又三年。正因为如此，修鞋生意也十分走俏。

他父亲每日起早贪黑，忙忙碌碌，他见父亲如此辛苦劳累，也学起了修鞋。年少时的他性情急躁，看到积压成堆的鞋就焦躁不安，为此，父亲常开导他要平心静气，提醒他只有不急不躁，才会得心应手，才能体会到其中的乐趣。他父亲以身边的广玉兰树做比喻，说广玉兰无论遭遇严寒酷暑还是雨打风吹，总是那么沉静从容。与广玉兰相处久了，就会被它的波澜不惊所感染。

平时，也许听他父亲说教的次数太多了，很多时候，他都充耳不闻，但不知为何，关于广玉兰的话却记在了心中，以至后来看到广玉兰树就想起父亲说过的话。他父亲的后半生一直在老家的小镇上修鞋，与那棵高大的广玉兰树相伴偕老，清贫中感受乐趣，忙碌中始终保持着一份恬静，他也从中获得了很多启示。遇事焦躁不安时，总会想到父亲，想起广玉兰。

人上了年纪，总爱怀旧，喜欢咀嚼回忆度日。老人一生做过很多手艺活儿，晚年的梦却是修鞋，以此重温昔日与他父亲一起度过的时光。为圆此梦，老伴离世后，他便只身来到杭州。那时，杭州街上修鞋的很多，且多集中在人多热闹的地方，而他却选择了僻静的住宅区，因为那里有他喜欢的广玉兰树。初来乍到时，每天有做不完的活儿，而他却不急不躁，忙碌中享受生活的乐趣。后来，随着时代的变迁，修鞋业日渐萧条，来修鞋的人寥寥无几，老人的铺子也冷清起来。于是，他准备结束修鞋生涯，返回故乡。

老人坦然地说："人既要知道坚持，也要懂得放下。"告诉我来杭州的这几年，他已圆了自己的梦。这几年，高大美丽的广玉兰树陪伴着他，累的时候停下来，静观晨曦落日，感受清风明月。清静是福，有时静坐冥思，感觉比忙碌更有收获。这几年，老人游遍了江南的古寺名刹，因为喜欢广玉兰，每次外游，总会留意身边，看到广玉兰，便感到有种说不出的亲切。

　　老人谈及他晚年的梦时已让我感动不已，得知他十几年来与广玉兰朝夕相处，我更被其淡泊脱俗的精神深深折服。内心平静时，一间小屋、一棵大树，亦可安抚心灵，给人生以安稳和闲情。老人把修好的鞋递给我，我起身告别时，猛然察觉老人说的"只有不急不躁，才会得心应手"与《庄子》中的"不徐不疾，得之于手而应于心"一句有着异曲同工之妙。每日，老人静坐于广玉兰树下，宁静中感受悠闲，平淡中领悟乐趣，不正是庄子的逍遥吗？我不由得驻足回首，但见苍翠静寂的广玉兰树下，破旧简陋的修鞋铺仿佛平添了几许超然的韵味，犹如桃花源，洋溢着隐逸闲情。几天后，老人的修鞋铺消失了，只有那株广玉兰树依然静静地耸立着。

　　那年，我走访了灵隐寺、净慈禅寺、韬光寺、法喜寺等。杭州的古寺比京都少，不久，我便游遍了所有的寺院。江南古刹多在灵山秀水中，古刹中多见广玉兰。广玉兰如隐士，素洁清雅，与幽静的古寺、苍凉的钟声极为和谐，静立其下，不觉中淡忘红尘的喧闹，醉心于静寂的空灵。不同季节里走访同一古寺亦情趣别样。初冬的某日，我再访法华寺。

　　出发时，天空阴沉沉的，刚到寺院，就下起了大雨，游客们纷纷四散避雨，我也躲入禅房檐下。在我旁边，有一个老妇人和一个年轻男子，他们看着越下越大的雨，都显得焦躁不安。年轻人抱怨天公不作美，第一次来寺求佛就遇到了大雨。年轻人是做生意的，在与老妇人交谈中，不时哀叹生意难做，羡慕老妇人的退休生活，说退休可静享天年，无忧无虑。老妇人却摇头不止，说人老了烦恼更多，光是生病就够烦心的了。从他们的对话中可知，年轻人是为了祈祷生意兴隆而来求佛，老妇人是为了摆脱疾病的纠缠而来烧香的。听他们长吁短叹，看他们愁眉不展，我将目光投向大雄宝殿。

　　宝殿内挤满了祈祷的游客，人们在佛前祈求，而佛却安详无语。看着他们虔诚的神态，我陷入了沉思，人是多么自私，只知祈祷，不懂解脱，只会索取，不愿舍弃，明知世间一切变幻无常，却总是计较得失，不肯放弃，不懂一切随缘。求佛，犹如在雨天寻找躲避的屋檐，然而，人们在求助于佛的同时，不知是否想过，佛的沉默安然是在暗示祈祷本身也是贪欲。人生本多烦恼与无奈，无止的贪欲，只会徒增伤悲，带来无止的不安。

我将目光移向大雄宝殿前的那棵高大的广玉兰。大雨倾盆中，广玉兰依然那么从容平静，淡然超脱。密集的雨滴击打着厚大的树叶，发出的声响如古寺的钟声，凝重沉稳。我不由得想，也许广玉兰才深悟佛的本意，于是又想起修鞋老人说过的"只有不急不躁，才会得心应手"这句话，也联想到此时此刻的自己。我来寺院，说来无任何目的，只是喜欢这里的空灵和寂静，所以遇到大雨，也没感到任何焦躁和不安，倒是觉得古寺看雨别有一番情趣，感到烟雨中多了几分迷离朦胧，添了几分诗情画意。

广玉兰多见于幽静的古寺，也常见于喧闹的市井。走在杭州的街道上，偶遇路边静立的广玉兰树，脑海中便浮现出修鞋老人的身影。在我看来，修鞋老人就像淡远超脱的隐士，与老人结下的短暂缘分，让我对广玉兰有了前所未有的了解。我懂得了要在"无常"中圆梦，除了执着，亦要懂得放下。每个人都在世间疲于奔波，为了生存而忙碌不停，忙碌中渴望寻得闲暇和清静，而当拥有了闲暇和清静，却又感到无所适从，无法修身养性，总以为辜负了光阴。寻梦需执着，更要懂得放下。放下，就会在内心拥有一处桃花源，就会在嘈杂纷扰的世俗中，将乏味的日子过得多姿多彩，就会像广玉兰一样，身在喧闹的市井，却如同在寂静的古寺，随遇而安、恬适自在。

梦中缘

山茶

　　冬季，走在杭州的街道上，总会遇到在清寒中凛然含笑的山茶花。看到山茶花，我便想起那段不寻常的戒烟的日子，于是想把戒烟经过告诉那位熟人。那位熟人，吸烟已多年，久有戒烟之心，却至今未能如愿。得知我成功戒烟，他很好奇，几次问及戒烟经过，我告诉他是因一次生病而痛下决心的，只是未提山茶花。

　　赴日留学的第三年，为赶写硕士论文，我常伏案至深夜。自费留学生活艰辛、忙碌，除了上课，还要打工，于我而言，时间可谓弥足珍贵。连日熬夜，过度劳累，也因过度吸烟，使得一次由感冒引发的咳嗽竟纠缠了一个月之久，以致少食难眠，身体每况愈下。勉强提交了论文时，我虚弱得连走路都感到力不从心，于是到住所附近的一家医院就诊。当时，还有两天便是日本的新年。

　　当医生将胸片摆在我面前，指着左肺的模糊部位，说有异常时，我惊呆了。常闻吸烟会导致肺癌，若是那样……我不敢多想了，脑海中掠过一抹从未有过的绝望，仿佛死神正悄然逼近。我就诊的是一家小医院，没有呼吸科。医生开出止咳药方后，嘱咐我年后到大医院诊断治疗，并特别提醒暂勿吸烟。

　　除夕之夜，在宿舍里整整躺了两天的我拉开窗门，想呼吸一下外面的新鲜空气，结果寒气袭来，打了一个冷战。与中国的春节不同，日本的新年，听不到爆竹声响，看不到张灯结彩。外面黑漆漆的，没有星星，没有月亮，周围死一般寂静，雪，在无声地下着。偶尔传来的犬吠声，给古都的除夕夜增添了一抹凄凉。宿舍里有生命的，除了我，就是一盆山茶花了。山茶四季常青，严冬绽放，油绿光润的叶，清绝冷艳的花，无不代表着生命的顽强。我喜欢山茶花，欣赏的就是它惊艳绝俗的美丽、凌寒怒放的激情。然而当面对山茶花时，我却总是暴露出自己的脆弱。因为一见到山茶花，我就会像条件反射似的抽出一支香烟。

我吸烟始于第一次高考后。落榜的打击，使我失落消沉了半年之久。那半年里，我几乎断绝了与外界的所有联系，整日闭门在家，吸烟就是那时学会的，后来竟一发不可收拾，以至不吸烟就无法静心读书。考上大学后，因家境贫寒，平时只能买些价格低廉的香烟，就业后自食其力，档次才有所提高。我开始吸"红山茶"牌香烟，且非此牌不买。说来令人啼笑皆非，不是因"红山茶"的味道特别，而是我对山茶这种植物情有独钟。

就职于长沙D大学的最初两年，我住在教工宿舍。那是一栋三层小楼，小楼虽旧，但周围古木葱茏，清静幽雅。我住在一楼，窗外是小巧别致的庭院，院中有一株山茶。岁寒伊始，如火燃烧般的山茶花，给素日冷清的宿舍增添了几许暖意。与某植物邂逅也是缘，也许因为在冬季的故乡从未见过室外开花的植物，在我看来，笑傲冬寒、冷艳绝俗的山茶花散发着别样的魅力。吸"红山茶"牌香烟，便源于对山茶花的青睐。试译中国文学史方面的书，说来也与山茶花相关。

试译中国文学史，源于一种危机意识。大学毕业后，我如愿以偿地圆了儿时以来的南方梦，无奈世事无常，就业不久，便遇工作变动，昔日苦学掌握的外语已无法发挥作用，随着岁月的流逝，总有濒临荒废的恐慌，于是别出心裁地试图通过译书来提高外语水平。然而，白日里忙于工作，翻译只能在夜晚进行。

文学史的翻译，难度超乎想象，尤感棘手的是古典文学，常为一首诗、几个词而绞尽脑汁。一筹莫展时，便立于小庭，点燃一支烟，面对山茶冥思苦想。寒冬的夜晚，山茶花悄然绽放，凛然含笑的风姿中，仿佛隐藏着超乎寻常的激情。山茶花的激情感染了我，于是常伏案至深夜，睡意袭来时就吸烟提神。

某个夜晚，我站在山茶花前吸烟小憩时，忽感眼前一黑，便晕倒在地。醒来发现自己躺在小庭，头部撞到墙壁，还在滴血。清冷的月夜下，只有山茶花静静地守护着我。历时三年，我译完了一本中国文学史方面的书。看着厚厚的译本，想到这既不是为了出版，也与工作业绩无关，不禁心生一抹怅惘，然而，想到自己的笔译能力因此有了质的飞跃，便感到由衷的欣慰。那几年，我不知抽掉了多少"红山茶"。

冬季的京都，最吸引人眼球的就是山茶花。路旁树下、山野河边，随处可见。对山茶花情有独钟的我，刚到古都便买了一盆，将其置于居所窗前，闲时观赏。然而面对山茶花时，我总是习惯性地取出香烟。无节制地吸烟，常使我感到头晕恶心，以致少食，引发支气管炎。为此，曾几度下决心戒烟，甚至有好几次将刚买的香烟丢入垃圾箱中，却从未奏效。生病的那段日子里，苦闷困扰着我，因而更感香烟的诱惑。看到山茶花，我无视了医生的劝告，忍不住吸上几口，结果引发致命的咳嗽，于是又痛恨自己的意志薄弱。

新年过后，我到京都大学附属医院治疗。每次去医院，大厅里都坐满了等待会诊的患者。每次就诊，都要经受漫长的等待与痛苦的煎熬。治疗期间，一年一度的博士课程报考开始了，考生需要提交健康诊断。因胸透中发现异常，短期内难以消除，加之身体极度虚弱，无法应对紧张的备考，无奈只好选择放弃。放弃，意味着要等到来年。读博，也是我赴日留学的一个梦，正当此梦即将成为现实时，却因突如其来的疾病受挫，哀叹之余，深感人生无常，痛感戒烟已刻不容缓。苦闷中的我，某日，离开医院后，为散心顺路去了法然院。

初春的古都，雪，总是不约而至，走进法然院时，天空中纷纷扬扬地飘起了雪花。轻扬的雪花带着清凉和浪漫，使人感到久违的舒爽。法然乃日本平安时代末期净土宗鼻祖，关于法然，《徒然草》中有这样一段对话："某人问法然上人：'念经时，有时不觉入睡，懈怠了修行，如何消除睡魔困扰？'法然上人答：'头脑清醒时念经即可。'"漫步在法然院，我不由得扪心自问：正当备考时，突然因生病放弃，如何消除这种烦恼？此时，耳边仿佛传来了回音："那就等病好后再说。"我恍然理解了《徒然草》这段话的寓意，内心宽慰了许多。

日语中，山茶的日语汉字为"椿"，在京都，法然院的"三铭椿"最负盛名。"三铭椿"即花笠椿、贵椿、五色散椿。遇到如此花色多样的山茶，我惊喜不已。山茶花的花瓣柔弱无骨，花蕊娇嫩如露，看上去与普通花无异，我以为无论如何它也不能抵御冬季的寒霜风雪，然而它却超出我的想象。与众芳不同，山茶花在寒霜中怒放，在风雪中含笑。观山茶，我联想到《庄子》中的"吾丧我"。"吾"乃超越自我后的真正的我，"我"为世俗中偏执于物的我，"丧"即忘却。"吾丧我"是一种境界，意为忘却世俗的"我"，内心才会达到一种境界，才能超越自我。

万木萧疏、百花凋零的严冬，山茶花凌寒傲雪，争相绽放，从容优雅，开在寒冬却仿佛忘却了冬寒。山茶花的激情和顽强，令寒冬也望而却步。被山茶花的激情与顽强所折服，那天，我面对山茶花时，竟克制住了自己，没有吸烟，从此，香烟的诱惑便渐渐淡去，后来看见山茶花也没有了吸烟的冲动。山茶花给了我超越自我的力量，让我摆脱了香烟的困扰，带我走出了寒冬。

与往年一样，那年春季，我忙里偷闲地到各地观赏樱花。与往年不同，那年更让我感动的是山茶花。在绚丽烂漫的樱花时节，山茶花显得暗淡渺小，几乎被人遗忘，但它还是那么充满激情，倔强地、默默地散发着芬芳。季节的变换，要求植物本身具有极强的适应力。山茶花能跨越冬春两个季节而激情开放，靠的就是顽强的超越精神。山茶花的超越精神再次深深打动了我。

我没有向那位熟人提起山茶花，他对花草树木不感兴趣，即便我说了，恐也会以为是无稽之谈。吸烟一事，让我想起《徒然草》中的一段话："世上，寄生于某物却损耗某物者，不胜枚举。如：身上虱、家中鼠、国之贼，以及小人贪求的钱财、君子固守的仁义、僧侣执着的佛法。"其中，"小人贪求的钱财、君子固守的仁义"源于《庄子》中的"天下尽殉也。彼其所殉仁义也，则俗谓之君子；其所殉货财也，则俗谓之小人。其殉一也"。该段中，兼好法师基于庄子思想，将钱财、仁义、佛法与虱子、老鼠、盗贼并举，暗示世上任何事物，过于拘泥其中必有弊害。在物欲横流的现实社会，想来如香烟一样引诱自己、腐蚀自己的东西太多了。在诱惑面前，人有时表现得极为脆弱，明知有悖于初衷，却执迷不悟。要抵住各种诱惑，就要像山茶花一样，具有顽强的自我超越精神。

　　冬季的杭州，没有春日的温暖，却有春天的花香，这与山茶花分不开。寒霜冷雨中，山茶花一如既往，激情绽放，总让人在冬寒中感受到春的生机。山茶如隐士，孤僻高洁、冰清玉润，独自绽放在群芳落尽的寒冬，随着暖春的到来，又悄然隐身于百花之中。山茶似幽兰，开时给人以超凡的优雅与顽强，落时给人以出奇的平静与决绝。有的整朵脱落，落在地上依然朝上，含笑如初；有的交替谢落，落在地上花瓣四散，清冽洒脱，乐观向上。想来"无常"总会给每个人的梦装点一些凄凉的美。要圆梦，就要超越自我，就要像山茶花一样，在料峭的寒冬里，在恼人的春风中，凛然含笑，清新脱俗，散发属于自己的幽香。

夏蝉

　　梅雨悄然离去，炎暑接踵而至。江南的夏季火热，而将火热的江南酷暑推到最高潮的是那骤雨般的蝉鸣。

　　小时候，我印象中的蝉一直很神秘。《礼记》曰："凉风至，白露降，寒蝉鸣。"农家重视节气，凉风至、白露降时，总会听到有人吟诵此句。然而，在塞外的故乡，清秋时节，常闻蝈蝈的浅吟、蟋蟀的低唱，却从未听过蝉鸣。蝈蝈的浅吟，白昼闻之，如清新的交响乐，使人陶醉在秋的清凉中；蟋蟀的低唱，夜晚听来，如轻柔的催眠曲，让人不觉进入梦乡。在我的想象中，蝉鸣亦如蝈蝈的浅吟、蟋蟀的低唱，清新悦耳，美妙动听。尤其是高中时学了柳永的《雨霖铃》后，更觉蝉鸣不俗。"寒蝉凄切，对长亭晚，骤雨初歇。都门帐饮无绪，留恋处，兰舟催发。执手相看泪眼，竟无语凝噎。……"每读此段，总被其优美的文辞所吸引，为其中流淌的离情愁思而感伤。于是，我未见蝉便对其有了好感。

　　初闻蝉鸣，是我大学毕业远赴中南古城长沙后的事了。长沙的蝉，不像《礼记》中描述的那样鸣在清秋，而在仲夏时节。长沙的夏季炎热，气温常超四十摄氏度，对在塞北长大的我来说，南方的夏季无疑是严酷的。然而，在长沙生活了整整八年的我，却从未真正体验过中南古城的夏暑，说来这还得益于在大学工作。刚入七月，蝉鸣未酣，大学便进入了暑假，我也开始了一年一度的回乡探亲，于是巧妙地避开了长沙的夏暑，也因此远离了骤雨般的蝉鸣。

赴日留学后，因忙于学习和打工，我不能再像以往那样回故乡探亲了，每年的夏季只能在京都度过。京都地处盆地，夏季炎热，蝉从早到晚狂鸣不止。本来酷暑已令人焦躁不安，骤雨般的蝉鸣更搅得人心烦意乱，此时，我才感到现实中的蝉竟是如此令人深恶痛绝，这种厌恶感直到留学的第四年才消失。

那年夏季，在大学举办的文学研究会上，我做了题为《从"夏蝉"看〈徒然草〉中的庄子思想》的研究报告。《徒然草》中有这样一段描述："蜉蝣朝生夕逝，夏蝉不知春秋。与其相比，人能愉快地活一年亦该满足。对贪生者而言，寿至千年亦短暂如梦。""夏蝉不知春秋"一句，典出于《庄子》中的"朝菌不知晦朔，蟪蛄不知春秋"。关于"蟪蛄"一词，《庄子》注释书《南华真经注疏》这样解释："夏蝉也。生于麦梗，亦谓之麦节，夏生秋死，故不知春秋也。"我以"夏蝉"为视点，考察、论证《徒然草》的作者是通过《南华真经注疏》来理解《庄子》的。这是我进入博士课程后第一次发表论文。这次报告得到了与会者的肯定，增强了我研究《徒然草》的信心，也因此改变了我对现实中的蝉的印象。

炎炎夏日里，几乎所有的鸟虫都销声匿迹，只有蝉在鼓翼而鸣。蝉鸣悲戚，声声急促，如泣如诉。闻酷暑中的蝉鸣，自以为平日未虚度光阴的我，恍然意识到在不知不觉中还是蹉跎了很多时光，然而，上苍不会给弥补的机会，逝去的时光不再重来。人们之所以在无意间辜负了很多美好时光，是因为观念中隐存着一种惰性，那便是对寸阴的轻视。关于寸阴，《徒然草》中这样说："瞬间，虽极为短暂，如若不珍惜，生命的终期将很快来临！修行者，不应为遥远的未来着想，而应珍惜当下，勿让瞬间白白地流逝。若有人来告知，明日将会离开人世，那么夜幕降临之前，将以何为精神寄托，准备做何事？活在世上的今日与离开人世的明天，有何区别？一日之内，人们为饮食、睡眠、排便、说话、走路等不得已之事消耗了太多的时光，剩余的时光已极为有限。若再做无益之事，讲无益之语，想无益之事，如此日复一日，虚度年华，可谓愚蠢至极。"

兼好法师基于对"无常"的深刻领悟，以犀利的言辞、激昂的语调，强调珍惜寸阴，把握当下。深悟"无常"，就会懂得人生中的点滴光阴都无比珍贵。《庄子》曰："人生天地之间，若白驹之过隙，忽然而已。"人生短暂，变幻无常，稍有懈怠或犹豫，便会被时光无情地抛弃，令美好的梦想付诸东流。要追梦，就要珍惜寸阴，把握当下，这一点，蝉为我们树立了好的榜样。

我曾听说，蝉在地下修行数年后才出土，然而生存于世间的寿命却极为短暂。随着夏去秋来，它们便将告别这个世界，悄然隐去。蝉似乎很懂得自己的生命短促，为此每日争分夺秒，在属于自己的季节里，不知疲倦地狂鸣，以展示生命的美丽，传递生存的快乐。听蝉鸣，我不由得想：人不过是红尘中的匆匆过客，要做到不为易逝的时光、易老的年华而惋惜遗憾，让自己活得无怨无悔，就要像蝉一样每日争分夺秒。品味《庄子》，细读《徒然草》，我越发喜欢上了蝉。

喜欢上了蝉，于是蝉鸣听来便不再是聒噪而是天籁之音，宛如蟋蟀的低唱、蝈蝈的浅吟，犹如暮春的细雨、清秋的凉风。喜欢上了蝉，一向忌惮酷暑的我，感受到了夏日的别样魅力。一年一度的京都祇园庙会期间，悠扬的乐曲回荡在古都的各个角落，与蝉鸣交融相汇，此起彼伏，互映成趣，酿造出夏季独有的清凉，编织出古都特有的情调。走在寺院幽深的曲径，耳闻不绝如缕的蝉鸣，宛如倾听大自然赐予的美妙乐章，恍惚间，内心的浮尘烦扰皆被洗去。万物皆有其美，感知万物之美，需要懂得生命的珍贵、时光的美好。

江南的夏日，骄阳似火。蝉鸣时而高亢激越，时而低沉婉转。闻蝉鸣，我总是不由自主地试图寻找蝉的踪迹，但从未如愿。蝉，每日不知疲倦地狂鸣，却不见飞来飞去的身影，总是隐于树木最深处，犹如隐士，栖高饮露，生性高洁。蝉的隐逸让我想到《庄子》中"不食五谷，吸风饮露"的藐姑射之山的神人，于是，越发感到蝉的神秘。无奈时光匆匆，未待秋风带走暑气，骤雨般的蝉鸣便已销声匿迹。夏蝉，夏生秋死，不知春秋，生命虽短，却珍惜了分分秒秒，努力过好了每一天。蝉鸣，如微雨落花，似秋叶飘零，传递着"无常"的美丽，散发着禅意的幽深。蝉鸣，使我参透了禅宗所说的"日日是好日"。

夏蝉

白鹭

    在喧闹的都市，寻得宁静一隅，淡泊度日，滋养情怀，想来这一直是我的梦。来杭州的第三年，我结束了在市区的租居生活，迁入市郊。住宅小区依山临水，连绵的青山、悠悠的白云、清澈的溪流时时撩拨我内心沉睡的乡愁。四季应时的花草、悦耳动听的鸟鸣常常牵动我对日渐远去的异国求学岁月的怀恋，而邂逅白鹭，再度让我感知孤独的情趣、清静的美妙。

    在日留学期间，我寄宿于京都山科区西野。每当外出返回住所时，我都会在附近的溪边小憩。或漫步溪岸，或闲坐桥头，赏花草、观鱼鸟，以消身心疲劳。每当此时，溪中的白鹭便会映入眼帘。

    白鹭是悠闲之鸟，有时超然静立于溪中，看云卷云舒，观夕阳晚霞；有时悠然漫步在水草间，望落花飘雨，赏清风明月。白鹭是爱净之鸟，每日呵护着溪水，多少次，我看到白鹭将漂浮于水面的草芥啄起，轻轻抛到岸边，白鹭的爱心与其羽毛的洁白将清澈的溪水突显得更加纯净。白鹭是隐逸之鸟，栖身溪水的白鹭很多，但彼此极少往来，它们离群索居，照影自爱，各自默守着孤独，静享着属于自己的清闲。白鹭性情孤傲，从不亲近人，只要稍稍靠近，便迅速飞离。我曾多次试图走近，但从未成功。白鹭是执着之鸟，流水无常，溪水有时因干旱成细流，有时因暴雨变洪水，白鹭却依然如故，一往情深，绝不弃水而去，就像不放弃梦一样。与白鹭无言相对，我感到一种奇妙的默契。

孤僻爱静的性情，注定了我的留学生活亦是孤独的。对孤僻、爱静者而言，书，是最好的伴侣。读书需要清静，清静中，内心才得以平静安然，方能感受读书的乐趣；读书亦需要清净，清净中，内心方能素净明朗，才能体会会读书的情趣。每日，我必须将住所打扫得洁净无尘，将东西摆放得整整齐齐，否则就无法静心读书，就感觉不到生活的情趣。《徒然草》中说："视孤独清静为痛苦，不知此为何心境。心不为外物所扰，独居静心最好。"在我看来，清静与孤独一样，会诱发人的灵性；清净与孤独一样，会激发人的美感，使人忘却清贫，享受孤寂，体会到生活的情趣。对孤独和清静情有独钟的我，遇到孤僻高洁、以影相伴、独享清欢的白鹭，自然有惺惺相惜、心心相印之感。

与白鹭不期而遇于杭州，冥冥中感到有一种宿命之缘。白鹭栖居的小溪流经住宅小区，清晨或傍晚，我常在溪边漫步，可以说与白鹭朝夕相处。我喜欢看白鹭在清晨薄雾中亭亭玉立，在暮色苍茫中悠然自得；喜欢看白鹭独倚斜阳，孤高自赏；喜欢看白鹭在绵绵细雨中凝神静思，波澜不惊。白鹭宛若悠然超逸、卓尔不群的隐士，在属于自己的空间，闲看落花，静听流水。观白鹭，我懂得了隐是一种修行，是一种处世态度，让人不受世事烦扰，不为凡尘所累。在浮华岁月，寻找到沉静与安然，以自然的空灵，让自己身在现实而超越现实。

白鹭似乎非常懂得欣赏那份属于自己的清静，懂得享受那份属于自己的孤独。观白鹭，我懂得了孤芳自赏就是善待自己，就是不负人生。常言道：退一步海阔天空。学会与自己相处，善待自己，以时间相伴，使自己独处的时间成为一种享受，对每个人都极为重要。《庄子》曰："独往独来，是谓独有。独有之人，是谓至贵。"意为能够与自己相处且善于独处的人是最尊贵的。每个人都拥有自己的空间，不会享受独处的情趣，不懂孤芳自赏，便是不懂生活的真谛。

　　无论是谁，来到这个世界，总会结识很多人，邂逅很多风景，然而，真正留在记忆中的人和风景其实很少。有些人近在咫尺，却形同陌路，有些人每日相遇，却恍如隔世，于是感叹知音难觅。《徒然草》中说："趣味相投者，闲时开怀畅谈世间的风雅与无常，彼此聊以慰藉，该是何等愉快！然世间知音难觅，与他人对坐交谈，总要谨言慎行，以免刺激或伤害对方，想来与孤身独坐无异。""顺应世俗，人心易被俗事困扰而迷乱；与人交往，便为博得好感而言不由衷。时而戏谑，时而争执；时而憎恨，时而喜悦。人心变化无常，是非曲直、利害得失之念层出不穷。"红尘陌上，每个人都是孤行者，要追梦，就要适应孤独，不必刻意寻找知己，不必哀叹知音难觅，既懂得欣赏别人，也善待自己，一切顺其自然。像白鹭一样，独对清风明月，与己对话，倾听自己的心声。

　　自从走入梦里江南，我虽身在繁华的都市，却总是回避着都市的喧嚣，虽行走在鼎沸的人群中，却总是拒绝着无聊的往来。工作之余，痴迷于创作，畅游于书海，陶醉于自然，孤独地演绎着真实的自己，寻找到了属于自己的一片天地，感受到了山水的清静，体会到了自然的情趣。超越时空，结识了古今中外的很多朋友。《庄子》曰："莫逆于心，遂相与为友。"有缘，即使相隔千年，远隔万里，亦可推心置腹。观白鹭，我懂得了知音并不都是亲密无间、形影不离的。知音是美丽的相逢，是心灵的默契，可以超越时空，超越语言。我从未走近白鹭，与它总是隔着足够的距离，无言面对，却永远相看不厌，有惺惺相惜之感。白鹭如《庄子》《徒然草》，是我最好的知音。

百日红

　　人生无常，祸福有时从天而降。仲夏的某日，下班后，我走在回家路上时，意外地被地面活动的铺砖绊倒，崴了脚，还扭了腰。医院诊断的结果是：脚跟部位出现轻微骨折，腰部严重扭伤，导致了腰椎病复发。

　　我未将此事告知家人，家人不在身边，知道了只会为我担心，扰乱正常生活。自从一人开始漂泊，我便是这样想、这样做的。那时，网购还未普及，在家静养的那段日子里，我感觉是在挑战人生的极限。吃完家里所有能吃的东西，我只好外出购物了。

　　超市距家仅两百米左右，我走了足足半个小时，走得满身是汗，仿佛整个人都要支离破碎了。为减少行程，返回时，我选择穿行小区的绿化带。那里有石铺小径，树荫下有靠椅，我在那儿沮丧地呆坐着。正当我为今后的生活、工作担忧焦虑时，似火的骄阳下，一株百日红蓦然斜出。

　　初遇百日红，是在我大学毕业到南方就业的第一年，熟知百日红，则是在日本留学时。那年，我四十岁，常言四十不惑，我却困惑最多。那年，我常感腰痛，后来甚至行走坐卧都困难，去医院诊断，方知是腰椎间盘突出。当时，我正赶写博士论文，若腰痛不见好，无疑将影响论文进度，而偏在此时，牙痛也发作了。自赴日留学以来，我几度受牙痛困扰，为此不知去了多少次医院。

腰痛困扰时，牙痛又发作，可谓雪上加霜。所幸的是，那年我获得了奖学金，最痛苦难熬时又适逢大学的暑假，否则，不但生活难以维持，就连学业也无法继续。一位曾饱受腰痛之苦的日本老人告诉我腰部手术风险大，劝我最好按摩治疗，并为我介绍了一家口碑较好的整骨院，我采纳了她的建议。

　　整骨院在京都附近的滋贺县大津，乘电车只需十几分钟，然而，令我备受煎熬的是从住所到车站的那一段距离。因步行缓慢，平时只需十几分钟的路程，我要走半个多小时。腰痛使我举步维艰，牙痛令我苦不堪言，残酷的现实无情地剥蚀着我的意志，若不是百日红，说实话，我还真的有些支撑不住了。

　　夏日的京都街道上，百日红是最常见的花木。从住所至山科车站，沿途有很多百日红，其中有四株尤为惹人爱，分布于十字路口的四角，它们花色各异，有淡红、紫红、浅紫、乳白。百日红的枝条纤细，小花合抱，缀于枝头，娇柔妩媚，美艳可人。百日红喜光耐旱，似乎夏季的炎热造就了其独特的气质。

　　百日红的称呼很多，"紫薇"是我最早知道的，这还缘于杜牧诗《紫薇花》："晓迎秋露一枝新，不占园中最上春。桃李无言又何在，向风偏笑艳阳人。"此诗咏叹紫薇冷眼笑看桃李，迎秋怒放，不拘一格。读此诗时，我还不知紫薇就是百日红，将两个名字联系在一起，是就业于中南古城长沙后的事了。

　　夏日的长沙街道上，常见开着紫红色或淡紫色花的矮木，在袭人的溽暑中甚是耀眼夺目，后来我才知道那就是紫薇。此花从仲夏一直开到晚秋，花期达百日，故称"百日红"。传说紫薇怕痒，手挠其树干，树叶便发抖，故亦称"痒痒树"。日语中，紫薇的汉字为"猿滑"，寓意猴子爬上此树都会滑落下来。的确，紫薇的枝干光滑，看上去就像蜕了皮。"猿滑"与"紫薇""百日红""痒痒树"一样，道出了此花木的特质，然而，我最喜欢的名字还是"百日红"。

　　百日红在酷暑中绽放，在风雨中含笑，不到凋谢时决不凋落。

某日，台风登陆日本。我从整骨院返回的途中，目睹疾风骤雨使路边的树木枝断叶落，遍地狼藉，而百日红却宁弯不折，一如既往，我不由得肃然起敬，感到百日红的"红"，是经风雨酷暑磨炼而成的，从此，我越发喜欢这个名字，喜欢这种花木了。

那段日子里，我有时一日内要去两家医院——牙科医院和整骨院，医院每日都聚集着众多患者，每次都要等待很久。本来腰痛已令我苦不堪言，漫长的等待更是无情的煎熬，然而，等待的次数多了，便也逐渐习惯了。

每次去医院，我必携《庄子》和《徒然草》。两部古书中，耐人寻味的寓言故事很多。细心咀嚼，有时会忘却病痛，忘却等待。读到感人的地方，甚至还希望等待的时间再久一些。《徒然草》中说："人生在世，生病在所难免，一旦生病，便苦恼不断，故医疗不可少。"深受病痛困扰的人，想必对此都有切身之感，然而我认为，要战胜疾病，保持平常心也极为重要。

牙痛刚愈不久，大学暑假便结束了，为不影响学业，我边就医边上课。腰痛不宜久坐，上课时间长、疼痛难耐时，我就悄悄地将目光投向窗外。窗外有几株百日红，目睹它们在风雨中悠然绽放，淡然含笑，总感到有一种力量在激励着我。有一次，上完课后，腰痛得直不起身，我还是看着百日红站起来的。

那段日子里，我卧在宿舍地板上查资料、写论文，博士论文也是这样完成的。随着时间的推移，不知不觉中，腰痛也逐渐消失了。当最后一次走在去整骨院的路上时，目睹那些曾经默默鼓励我、给我信心和勇气的百日红，不由得依恋那些在病痛中度过的时光。

当我再次遭受突如其来的腰痛困扰而又逢百日红时，无不为缘之奇妙而惊叹。患难相逢才是缘，昔日在异国经历的那些不为人知的苦难，此时再度成为我战胜疾病的强大精神动力。腰痛时，需要卧床休养，于我而言，这是难得的读书和创作机会。休养期

百日红

间，我又细心研读了《庄子》和《徒然草》。某日，读《庄子》，子舆生病的寓言引发了我的深思，寓言大意是这样的：

子舆生病，好友子祀问候他时，见子舆变成了佝偻人。弯腰驼背，五脏朝天，脸颊弯下在肚脐上，双肩比头顶还高。子舆告诉子祀，是造物者把他变成如此模样，子祀问他是否憎恶自己变成如此丑陋的佝偻人。子舆坦然回答说不但不憎恶，还说假如造物主把他的右臂变成鸡蛋，他就希望它变成公鸡，按时打鸣；若把他的右臂变成了弹丸，他就借助它打猫头鹰来吃烤肉；若把他的臀部变成车轮，把精神作为马匹，他就坐在这车上，不需要再找车马了。

过去读此寓言，我还为故事的荒诞不经而发笑，此时才恍然大悟。人生无常，不知何时会降临不幸，肉体或精神上会受到摧残。当命运的风雨来袭时，任何抱怨都无济于事，关键是以平常心接受。子舆将生病视为一种变化，不为此而苦恼困惑，以超脱乐观的心态，摆脱了常人所说的精神束缚。

深陷病痛中，人才会切身懂得，有时活着比死更需要勇气。疾病面前，人都是弱者。病痛，有时会让人悲观消沉，甚至对人生丧失信心，抛弃所有梦想。相反，疾病也能把人打造成强者，让人痛感"无常"的迅速，倍感生命的珍贵而乐观超脱地活着，而要做到这点，关键在于超越自我。在"无常"的现实中，超越自我极为重要。超越自我，就会拥有一颗平常心。

随着年龄的增长，疾病的困扰也逐渐增多，而我越发隐忍了。年轻时孤身闯荡，逆旅漂泊，已让父母牵肠挂肚。为减少父母的担忧，平日总是报喜不报忧，尽可能传递给父母欣慰之事，而将自己所经受的苦难挫折深藏于心，于是学会了隐忍。隐忍并非单纯忍耐，隐忍是一种修养，也是一种超越，是保持平常心不可或缺的因素。

常言道："人无千日好，花无百日红。"此言参透了人生的"无常"，却忽略了百日红。百日红，自夏至秋，在自然的变化中，从容自若、坚韧不拔。雨抽它，风催它，它依然婀娜多姿、亭亭玉立，花开百日而不衰。人生中，"无常"乃生命的常态。当受到"无常"的风雨袭扰时，只要保持一颗平常心，坦然面对，就会像百日红一样，在风雨中悠然绽放、在炎暑中悠然自得。

百日红

玉兰

当南来风悄然催开窗外的玉兰花时，季节刚入三月。

看到玉兰花，我便抑制不住内心的亢奋，马上打电话给赛音老师。那是我来杭的第四年，我与一度联系中断的赛音老师取得了联系。那年，赛音老师已八十六岁高龄，记忆力和听力都明显衰退，过去的许多人和事都已模糊或淡忘，电话交流也不顺畅，每次都说不上几句话。尽管如此，我还是常打电话给恩师，哪怕是一两句，只要听到恩师的声音就感到由衷的欣慰。也许因为恩师对玉兰一直怀有特殊的感情，那天，他终于听懂我说的话，便提起了母校的那株玉兰树。令我吃惊的是，关于那株玉兰树，恩师记忆犹新。

刚上高中时，我还沉醉在画家梦中，一有空闲，便背着画板到处写生临摹。早春的一个傍晚，偶尔经过教工宿舍楼前时，一株悄然绽放的玉兰吸引了我，那是我第一次看见玉兰。洁白、钟状、直立的花朵，点缀着还没有绿叶的枝头，在晚霞的映衬下，在料峭的春寒中，亭亭玉立、楚楚动人。我喜出望外，坐在草地上便迫不及待地画了起来。

不知过了多久，我感觉身后有人，回头一看，竟是赛音老师。那时，赛音老师已近古稀之年。赛音老师过去教蒙古语，后来学校增设了日语课，因为懂日语，退休几年后他又被返聘为日语教师。迷恋绘画的我，最初对学外语不感兴趣，上课时常躲在后排画画，终于有一次被赛音老师发现，他严厉地批评了我，从此，我对外语课更是深恶痛绝，平日里，只要看到赛音老师就躲得远远的。

"天黑了，明天再来画吧。"赛音老师轻轻地拍了拍我的肩膀，低声劝道。我收起画板，回应了一下便匆匆离开。走了十几步后，悄然回首，见赛音老师已坐在玉兰树下的靠椅上，打开收录机，听起了外语录音。夕阳西下，暮色降临，微暗中，洁白如玉的玉兰花显得格外耀眼。

那几日，我有些魂不守舍，总想找机会再去教工宿舍楼前画玉兰花，那是校园里唯一的玉兰树，但又怕再遇见赛音老师。犹豫间，时光匆匆流逝，一个星期过去了。为避开赛音老师，我选择了某日的清晨。那天，我比规定的起床时间早了一个小时，夜色刚刚褪去，晓月依稀可见。然而，怎么也没想到，起得那么早还是遇到了赛音老师。

与上次一样，赛音老师坐在玉兰树下，手里拿着收录机，聚精会神地听着外语录音。与上次不同的是，玉兰花已凋谢殆尽。见我又来画玉兰花，赛音老师遗憾地说，玉兰花期短，前后不到一周。听了赛音老师的话，看着满地的落花，我不禁感叹玉兰花的生命短促，后悔没早几天来。

从那以后，每路过教工宿舍楼前，我总是将目光投向那棵玉兰树。不管是清晨或傍晚，只要不刮风下雨，总能看到赛音老师在玉兰树下专心学习的身影。年近古稀的赛音老师竟如此珍惜时光，发奋刻苦，令我肃然起敬。我也不由得反省自己因沉迷于绘画而懈怠了外语学习。终于有一天，我鼓起勇气，来到玉兰树下，向赛音老师请教如何才能学好外语。当时，赛音老师说的一句话，让我至今印象深刻："只要像绘画那样投入就一定能学好。"

想来我对绘画的投入，是缘于对自然的偏爱。就拿玉兰花来说，那冰清玉洁、纤尘不染的美，我第一次见到便怦然心动，便萌发了不画不罢休的强烈冲动，于是不知不觉中全身心地投入。而对于学外语，我却从未有过如此的心动，也未曾有过任何冲动，当然也就谈不上投入了。然而，赛音老师所说的"投入"，并不只是专心和忘我，还意味着倾注时间和精力。兴趣的产生，有时基于"一见钟情"，有时则源于"日久生情"，只要舍得投入时间和精力，总有一天会萌发兴趣。

赛音老师的话令我茅塞顿开。就在那个周末，我将绘画用具带回家，锁入柜中，发誓考不上大学，就永远不再作画。从此，我常到教工宿舍前的那棵玉兰树下，向赛音老师请教外语。赛音老师治学严谨，同学们都敬而远之，我却不可思议地走近了他。走近赛音老师，才知道他是一位热心宽厚的长者。

每到玉兰树下，赛音老师不是在读书就是在听录音，只有一次，在听《北国之春》。《北国之春》是一首思念故乡、旋律优美、意境动人的歌曲，很早便被译为中文，是那个时代中国人最熟悉的日本民间歌曲之一。我站在玉兰树下，与赛音老师一同欣赏。"亭亭白桦，悠悠碧空，微微南来风。木兰花开山岗上，北国的春天。啊！北国的春天已来临，城里不知季节变换……"

一曲终了，赛音老师提到"木兰花开山岗上"一句，说歌词中的"木兰"其实叫辛夷，译为"木兰"可能因它是木兰科植物。赛音老师拍了拍身边的玉兰树，告诉我玉兰也是木兰科植物，但与木兰不同，木兰属小乔木或灌木，玉兰属高大乔木。辛夷的花形像玉兰，只是花朵比玉兰的小，故人称小玉兰。

我一直以为玉兰和木兰是毫无相关的两种植物，听了赛音老师的话，才恍然大悟，感叹植物世界的奇妙，不由得抬头仰望身边的玉兰树。三月的塞外，乍暖还寒，桃李依然在冬眠中，而玉兰却已绿叶青青，仿佛提前迎来了春天。我不禁为玉兰花过早凋谢而惋惜不已，然而，赛音老师却说这正是玉兰的魅力所在。见我疑惑不解，他便讲了一个关于玉兰的故事。

赛音老师年轻时，曾在京都留学一年。初到古都时，时值早春，乍暖还寒，原以为最先看到的是樱花，没想到与玉兰不期而遇。清雅高洁、笑傲春寒的玉兰花让赛音老师一见倾心，以至后来到了烂漫的樱花时节，也未动摇他对玉兰的偏爱。不同于樱花，玉兰在春天到来前含苞，凛寒而开。当樱花在煦暖的春日里匆匆绽放时，玉兰花已悄然谢去；樱花落英缤纷时，玉兰已披上绿装；樱花树叶经霜变红时，玉兰已叶落殆尽；樱花树进入冬眠时，玉兰却在寒冬中孕育生机了。

先于季节的变化而变化，以独特的方式生存的玉兰，深深打动了赛音老师。赴日前，赛音老师还忧虑在短暂的一年里能否学好外语，是玉兰给了他启示，唤起了他的激情，于是他全身心地投入，用半年时间提前学完全部课程，后半年里，强化口语，训练听力。指导教官称赞他虽留学一年，却有两年的收获。

赛音老师语重心长地对我说，学外语与绘画一样，只要舍得投入，总有一天会产生兴趣。他抚摸着身边的玉兰树，感慨与玉兰有宿命之缘。赛音老师回国后，一直没有应用外语的机会，但他从未懈怠过外语学习，利用每天的空闲，坚持自学。多年来，那株玉兰树静静地陪伴着他，默默地鼓舞着他。

初遇玉兰，我便对它一见钟情，那是因为玉兰花太美了。听了赛音老师的故事，才觉得玉兰不仅美在外表，那先于季节变化而变化的进取精神更具魅力。我恍然大悟，原来时光中隐含着生命的美好，所有的怠慢都是对时光的辜负和蹉跎，于是暗暗发誓要像赛音老师那样，珍惜时光，刻苦学习。

高中时代，我在学校寄宿，学生宿舍晚上十点熄灯，熄灯后，我在被窝里打着手电筒默读外语，有时还到操场路灯下朗读外语，连课间短暂的几分钟休息时间也不放过。孤僻爱静的我，不喜欢人多热闹的地方。一到周末，只要不刮风下雨，我都会携带午饭到附近的山林，静静地学上一天，直到夕阳西下。全身心地投入，使我逐渐对外语产生了兴趣。随着时间的推移，不知不觉中，我萌发了报考大学外语专业的想法，为此，竟放弃了儿时以来的画

玉兰

家梦。

那时，报考外语专业要加试口语，并要具备一定的外语听说能力，无奈我的家境贫寒，连学外语必备的收录机也买不起。赛音老师得知后，便将自己的收录机和录音磁带借给我使用，还腾出时间，约好每天晚饭后，和我一起练习外语会话。从此，教师宿舍前的那株玉兰树下，便成了我每日必去的地方。

玉兰树下，我们有时说到天黑得伸手不见五指，有时说到明月高悬、繁星闪烁。在那里，我曾为外语会话的进展顺利而欣喜不已，也因回答不了老师的提问而伤心落泪；在那里，我目睹了玉兰的花开花落，目睹了玉兰先于季节变化而变化，于是越发刻苦发奋。高二还未结束，我便自学完了高三的外语课程；高三还未开始，我已背熟所有外语课本内容。然而，将时间和精力过度地投入外语学习中，影响了其他学科的同步提高，导致了第一次高考的落榜。

落榜，使我陷入了前所未有的失落和消沉中，索性拒绝了赛音老师和父母的苦心劝告，蛰居家中，未重返母校复读。然而，夜深人静时，母校的那株玉兰树、玉兰树下刻苦自学外语的赛音老师的身影总是挥之不去，我能感到有一种力量在鞭策着自己。时值秋收季节，白日里，我帮家人割地打场，晚上挑灯学习。秋后，父母卖了粮食，特意到城里为我买了一台收录机。赛音老师在百忙中几次来我家探望，将自己复制的外语录音磁带送给我。父母的良苦用心、恩师的深情期待，促使我加倍努力。翌年三月，我进入本县另一所中学复读。

未重返母校，是因为赛音老师曾经为我付出了太多，想到恩师起早贪黑地在玉兰树下刻苦自学外语，便不忍心再度打扰。功夫不负有心人，那年的高考，我终于如愿以偿，考上了某大学外语专业。接到录取通知书的翌日，我取出几年没用的画笔，专程去母校，画下了教师宿舍楼前的那株玉兰树。当我把画送给赛音老师时，恩师感慨地说，我们的缘分是在这株玉兰树下结成的。

想来人生的每一次转折，背后都有一份缘。若未结识赛音老师，想必我还沉迷于画家梦中未醒呢。因此，赛音老师是我人生的引路人，玉兰是装点我人生的心象风景。

　　我与赛音老师常有书信交往。每次来信，恩师总是忘不了提醒我要珍惜时光，说人虽无力阻止时光的脚步，但可以不让时光白白地流逝。每次来信，赛音老师还总会提到母校的那株玉兰树，有时还会将自己拍下的玉兰树照片寄给我。然而，就在我读大三的那年春天，深情陪伴恩师多年的玉兰树被突如其来的强风吹断。信中，恩师提到了"无常"，告诉我世间万千风景，皆在无常变化之中。

　　母校的那株玉兰树消失了，心中的玉兰树却依然亭亭玉立、高雅清洁，激励着我不虚度年华，不蹉跎时光。多年后，我留学到了京都。京都，是赛音老师曾经留学过的地方。时值日本的新年前夕，初春尚早，草木萧瑟依旧，然而玉兰却已在寒冬中孕育着春的生机。看到玉兰，我想起了恩师讲过的故事，仿佛恩师就在身边。早春的清寒中，凝聚着霜露的玉兰花，晶莹剔透、洁白似雪。走在散发着淡淡清香的玉兰花下，脑海中总闪现出母校的那棵玉兰树，浮现出赛音老师迎着黎明曙光、和着夕阳晚霞刻苦自学外语的身影。

　　《徒然草》中说："季节变迁，并非春天逝后，夏季才来临；也非夏日过后，秋天才到来。春未结束时，便已孕育着夏的生机；盛夏里已有秋的气息；秋中已感冬寒；初冬十月亦有小阳春天气，此时枯草萌动，梅花含苞。树木亦如此，并非枯叶落尽，新芽才萌发，而是枯叶无法承受树木内部的生命萌动而凋谢。"四季更替如此，人生更是充满变数。世事无常，当陶醉在今天的幸福快乐中时，充满未知数的明天已悄然等待；当认为自己还年轻时，时光却在悄无声息地吞噬着生命。现实中，太多的人跟着时光匆匆奔走，最终却被时光无情地抛弃，还未来得及圆梦，便已人到黄昏。"无常"中追梦，就要像玉兰那样，不因时光飞逝而懈怠，也不因岁月沉淀而放弃，永远走在季节的前面，赶在时间的前面。

　　来杭的第四年夏，我回到阔别多年的故乡，专程拜访了赛音老师。久别重逢，恩师眼里闪动着激动的泪花，久久拉着我的手不放。恩师的家也在乡下，院中绿树成荫，有一株玉兰，恩师告诉我那是在母校的玉兰树被狂风吹断的翌年栽植的，如今已长成枝叶浓密的大树。晚饭后，我们在玉兰树下乘凉。仰望满天的星斗，静听周围的虫鸣，时光仿佛又回到了那早已远去的高中时代。

　　暮年的恩师，尽管记忆力和听力减退，但身体硬朗，精神抖擞。平日养花种菜，修理庭院。清晨傍晚，在玉兰树下读外语，听音乐，打太极拳。恩师告诉我，人到垂暮之龄，心态尤为重要。健康源于心态，保持健康心态，就必须有梦。容颜可以苍老，梦不能消失。梦是生命的源泉，是人生不可缺少的美丽。没有了梦，人生将会黯淡无光。心中有梦，便会"安时而处顺，哀乐不能入也"。

　　"安时而处顺，哀乐不能入也"乃庄子的养生之道，意为顺其自然，随遇而安，人就不会受情绪的困扰。时光荏苒，昔日青春年少的自己，如今已过了知天命的年龄，体力、精力日渐衰退。于是以为，人生最美的年华、充满诗意的光阴已一去不复返。然而，听了赛音老师的话，我意识到只要有梦，最美的年华还会继续，诗意的光阴仍会相伴。想到梦，眼前又浮现出那熟悉的画面：一株开满洁白花朵的高大的玉兰树下，一位满头银发的老者坐在长椅上，手里拿着收录机，聚精会神地听着外语，时光在静静地、缓缓地流逝……

樟

外出遇雨，没带雨伞时，我就躲到樟树下。樟树，杭州的市树，路边河岸、巷里楼前，无处不见。枝繁叶茂、伟岸多姿的樟树，晴天时远眺如绿色云雾，飘雨时近看似翡翠巨伞，我特别喜欢微雨中走在樟树下的感觉。

樟树，是我最早遇到的南方的树。大学毕业，远赴中南古城长沙就业的第一天，我便与樟树结缘。那天，我下了火车，换乘市内公交前往 D 大学报到。途中，淅淅沥沥地下起了小雨。没带雨伞的我，下车后便躲入路边的树下。

街道两侧，是清一色枝叶浓郁、蓬勃多姿的大树，放眼望去，烟雨蒙蒙中，宛如远山含黛。初到一个陌生的地方，雨，总给人平添一抹困惑和迷茫，而那些不知名的大树及时为我遮雨，于是，一种说不出的亲切感油然而生。沿着树下的街道，我一直走到 D 大学的校门前，卉清老师早已等候在那里了。

那是我与卉清老师的初次见面。互通姓名后，卉清老师便将雨伞举过我的头顶，瞬间，一股暖流传遍了周身。在 D 大学宽敞的校园里，到处是绰约多姿、枝叶繁茂的大树，其中最多的就是在长沙街道上遇到的那种树。我好奇地问："这是什么树，长沙为何这么多，为何到了秋季还无落叶迹象？"北方长大的我，除了松柏，那时还没有见过四季常青的树。卉清老师告诉我那是樟树，樟树是常绿树，是长沙的市树。那是一次激动人心的相逢，就如同初遇樟树却早已熟知其名一样。我与卉清老师虽是初次谋面，却如久别重逢。

我与卉清老师的相识颇有戏剧色彩。从小憧憬南方的我，一直幻想着长大后去南方寻梦，大学毕业，正是实现梦想的绝好时机。然而那时还是统一分配，就读于哈尔滨G大学的我，毕业后将回老家内蒙古。我的专业是日语，当时很难找到对口单位。想到昔日苦学掌握的外语，如今竟无法发挥作用，心中便有说不出的悲哀。几番思量后，我决定赴南方自谋职业。通过南方的报纸，我收集了很多招聘信息，并寄出求职信。时值沿海地区率先开放，很多外企来华投资办厂，然寄出的信犹如石沉大海，杳无音讯。正当我为未来而忧心忡忡时，一封来自长沙D大学编译室的信改变了我的命运。

信，是G大学外语系主任交给我的，内容是咨询外语系能否推荐一名外语专业毕业生，条件是要有较强的笔译能力和写作能力。也许与孤僻爱静的性格有关，在外语学习中，我偏爱写作与笔译，闲时常用外语写随笔，并试译过很多短篇文学作品。无奈当时分配去向已定，学校不能推荐。系主任考虑到笔译很适合我，放弃太可惜，便将信函交给我，要我试着自己联系一下，或许将来有调动的可能。

对做梦都想去南方的我来说，D大学的信犹如天降的喜讯，似乎是命运特意为我安排了这一千载难逢的机会，若不争取我将抱憾终生。那天晚上，我几乎一夜未眠，给D大学编译室主任，也就是来信执笔人卉清老师写了自我推荐信。信中，我怀着强烈的向往、热切的渴望，倾诉了儿时以来的南方梦。为证实自己的笔译能力，我还将所写的信全部译成了外语。任何事情的成功，也许都会有某种预感，就在我将信寄出的那一瞬间，冥冥之中感到南方梦已不再遥远。

预感有时非常灵验。半个月后，果真收到了卉清老师的回信。激动人心的时刻，总伴随着高度紧张，我极力按捺住内心的激动，过了许久，才用颤抖的双手拆开书信。信很短，内容是有关面试的通知。哈尔滨至长沙路途遥远，卉清老师委托近期到哈尔滨出差的两位D大学的教师为我面试。面试，意味着向成功迈出了第一步。那段日子里，我一直沉浸在喜悦和兴奋中。

面试如期而至。寒暄中，对方提及此次面试成行的背景。原来我写的自我推荐信和译文打动了卉清老师，为助我实现南方梦，她多次与校方交涉。在卉清老师的努力争取下，D大学同意为我安排了这次面试。人生最大的欣慰，莫过于遇到赏识自己的伯乐。那一刻，我恍然懂得了什么是运气，什么是缘分。不久，面试通过的通知连同卉清老师的信同时寄到。信中，卉清老师热情鼓励我回内蒙古后尽最大努力，争取调动。寥寥数语，读来感慨万千。

毕业离校后，我从哈尔滨千里迢迢赶赴塞外青城——呼和浩特，到毕业生分配办报到并申请调动。然而，从外省回来的毕业生要在当地接受二次分配，不能直接调动。无论我怎样陈述己见也无济于事，最后，被二次分配到了某县级城市。以为调动无望的我，此时，连给卉清老师写信的勇气也没有了。

离开呼和浩特，坐在列车上，我茫然地望着窗外。列车疲惫地行驶在绵延数百里的大青山下，裸露的红岩在夏日灼热的阳光下越发刺眼，连绵的山岳上，很少看到象征生命的绿色。眼前的苍凉引发了我无尽的感伤，想来人生就像乘车远行，时而邂逅明媚秀丽的风光，时而遇到萧瑟凄凉的风景。

惊喜，总是在没有任何准备时突然降临，当我失魂落魄地赶到某市，情况却有了转机。在当地，因小语种专业毕业生分配难，没有对口工作，只要本人联系到接收单位，便可办理调动。又是一次机缘巧合！我当时的心情真是难以用语言描述，没想到自己能如此得到上天的眷顾。我满含激动的泪水，用加急电报将喜讯传送给千里之外的卉清老师。

当我办完调动手续、乘上南下的列车时，已至中秋。在潇潇秋雨中，在高高的樟树下，见到卉清老师，千言万语，不知从何

樟

说起。卉清老师无限感慨地说，一切都是缘。的确，只有缘才能解释一切。想来人生路上的每一段都有不同的风景，都因缘而发生着不同的故事。缘，圆了我多年渴求的、当时看来却如同天方夜谭般的南方梦。缘，改变了我的命运，也改变了我的人生。

秋季的长沙多雨。绵绵细雨中，走在高高的樟树下，总想起初来乍到时的情景，想起樟树为我遮雨，想起卉清老师为我撑伞。在我心中，卉清老师恰似雨中的樟树。从那时开始，我特别喜欢雨中走在樟树下的感觉，雨滴落在樟树浓密的绿叶上，清寒的声韵中犹有南方的情调。

卉清老师对我寄予了厚望，上班的第一天就叮嘱我：切莫因工作而放松了学习，正因为工作了才要加强学习。卉清老师在工作中的耐心指导，在生活上的细心关照，鼓舞了远道而来的我。刚走出校门的人，都怀着燃烧的激情。白日里，我全身心地投入工作。夜晚，与学生时代一样发奋学习，然而，我的激情被突如其来的变化浇灭了。来D大学还不到一年，编译室与其他单位合并，卉清老师不再担任主任，我也调到了学校的其他部门，从此，工作便几乎与外语无关。

那时，我还未磨掉学生时代的棱角，想到昔日发奋苦学而掌握的外语得不到应用，便感到前途一片暗淡，热情也一落千丈。随着时间的推移，辞离D大学的念头悄然萌生，每次都是想到卉清老师才说服自己不能离去。我是在卉清老师的鼎力相助下才实现南方梦的，如此匆匆离去，恐有悖于卉清老师的厚望。苦闷中，我彷徨着、困惑着。彷徨困惑中，岁月无情流逝。时值电视剧《渴望》热播，听主题歌，总引发我强烈的感慨："悠悠岁月，欲说当年好困惑，亦真亦幻难取舍，悲欢离合都曾经有过，这样执着究竟为什么，漫漫人生路，上下求索……"

一个细雨霏霏的周末，我在从学校图书馆归来的路上偶遇了卉清老师。自从卉清老师调离原单位后，尽管在同一所学校，我们平日很少见面，然而卉清老师一如既往地关心着我，常打电话询问我学习和工作情况。那天，我们在校园里散步，卉清老师开门见山，问我最近在读什么书，我拿出刚从图书馆借的《庄子》。卉清老师说，《庄子》是一部好书，它教人如何潇洒地生活。提及潇洒，我不由得想起南下之初的情景。曾经，我告别家乡，激情满怀，千里迢迢赴南方寻梦，那时是何等潇洒！然而人生无常，还不到一年，那个潇洒的自己就变得如此落魄。

雨，淅淅沥沥地下着，雨滴打在樟树上，树叶纷纷飘落。万物复苏的春日，樟树竟落叶缤纷，这让我既伤感又好奇。卉清老师告诉我，樟树是极为洒脱的树，落叶不受季节的制约，随时都会落。落时悄然无声，从不犹豫。樟树四季落叶，所以四季常青。那天，我们在校园里走了很久，谈到梦与现实时，卉清老师语重心长地说："人生无常，现实时而与梦相悖。在'无常'中追梦，就要像樟树一样，不因落叶而叹，不为落叶而悲。持一份平淡，怀一份洒脱。"

卉清老师勤奋好学，才华横溢，低调质朴，淡泊名利。在物欲至上的纷纭俗世中，守得住低处的人，是最令人敬仰的。结识卉清老师，是命运给予我的最好安排。在我心目中，卉清老师恰似樟树，因为低调，所以高大；因为质朴，所以优雅；因为恬淡，所以洒脱。与卉清老师在一起，如同走在高大深沉的樟树下，总在不经意间被其超乎寻常的魅力所吸引。

我在 D 大学度过了六个春秋，那是默默无闻的六年，也是韬光养晦的六年。工作之余，我痴迷于翻译，遨游于书海，特别是读《庄子》，这给我后来的人生带来了巨大影响，《庄子》中的很多名言警句也成为我的座右铭，让我珍爱生命中的每一寸光阴，努力过好每一天。从未放弃过学习，从未放弃过梦，更从未在逆境中迷失过自己。六年后，我辞离了 D 大学，南下广州寻梦。

投身于炙热的竞争世界后，方切身懂得：圆梦需要智慧，智慧源于学习。于我而言，追梦之旅乃漂泊之旅，亦是学习之旅。《徒然草》便是在那些漂泊的日子里开始读的。兼好法师说："要

樟

想胜过别人，最好专于学问，磨炼自身才智。不以己之长为荣，懂得做人不应争强好胜。敢于辞去要职，放弃利益，乃学问的力量。"为了梦，我曾穷困落魄，逆旅漂泊；为了梦，我曾多次跳槽，几经职场。无论在春风得意时，还是在落寞失意中，我从未懈怠过学习。南方多樟树，所到之处，总会看到那高大葱茏、沉静洒脱的身姿。"樟树四季落叶，所以四季常青。"卉清老师曾经说过的这句话，总引发我的思索，让我明白，只要不断学习，任凭人生跌宕起伏，世事无常变幻，都会一如樟树，在风雨中挺拔，在霜雪中挺立。

自来杭州，我几乎每天都会遇见樟树。樟树高大伟岸，却内敛深沉，宛如隐于世间的儒雅高士。樟树冠大荫浓，花却出奇地小，开谢极为低调，总是静静地开、悄悄地谢，清微淡远，从不与百花争艳，很多人甚至不知樟树何时开花，开怎样的花。樟树乐观进取，质朴无华。周围繁华落尽，满目萧索时，它却负霜葱翠，郁郁葱茏。樟树淡然洒脱，旷达高远，朴素和平静中隐含着世间繁华无法企及的美。樟树，成为我人生中注定的风景，我喜欢在如丝的寒雨中，走在如绿色云雾、如翡翠巨伞般的高高的樟树下。

梦中缘

丁香

　　某日，路经杭州紫丁香街，街名引起了我的关注，心想，也许会遇到久违的丁香，于是留心察看，但未如愿。自大学毕业后，我就再未遇见丁香了。

　　初遇丁香，是在哈尔滨读大学的时候。丁香，哈尔滨的市花，这生长在冰城的花木，生性倔强，在北国漫长的严冬，默守孤独，积蓄能量，只要听到春的足音，不待冰雪消融便次第开放。我感知丁香的魅力，源于与吉川老师的相识。吉川老师是我上大学后不久来中国的，起初并未执教我们，却与我熟识。我每日晨起锻炼，在操场跑步时，总遇到在雪地上学太极拳的吉川老师。

　　某个星期日的早上，吉川老师练完太极拳，约我一同散步。隆冬的校园，到处是皑皑积雪。走在雪中，吉川老师兴奋地说："生在雪国，便对雪有特殊的感情，没有雪，就感觉不到冬天的魅力。"吉川老师的故里是日本新潟，与哈尔滨一样，冬季寒冷多雪。在一株寒枝翘立的丁香树前，吉川老师驻足停留，提到几天前为我修改的一篇随笔。那是我第一次用外语写文章，题为《丁香》。文中，我写了冰城冬季的漫长寒冷，写了春天的遥遥无期，写了对丁香花开的热切期盼，然而，却未能将当时低沉、感伤的心境淋漓尽致地用外语表达出来。

　　人在梦想成真后，也许都会经历情绪上的低落。上大学后不久，我便陷入迷茫——仿佛还在编织着玫瑰色的大学梦，还在为梦而发奋苦学。但当十几年的寒窗苦读终于换来了"金榜题名"时，命运发生了巨变。我是一个幸运儿，在父母的关爱中无拘无束地成长，在最美的年华实现了最美的梦。那个年代的大学生被誉为"天之骄子"，带着这耀眼的光环，怀着无比的自豪，我步入了梦寐以求的大学殿堂。大学的浪漫、都市的风情，让我这个来自穷乡僻壤的孩子感到无比新奇和兴奋。正值金秋时节，我与新结识的同学结伴登上美丽的太阳岛，漫步在花团锦簇的松花江畔，尽情享受着考上大学带来的喜悦和幸福，一切都是那么浪漫飘逸。

然而，现实并不总是色彩斑斓，随着秋意日浓，黄叶飘零，冬寒渐近，刚入学时的兴奋和喜悦也悄然淡去，我隐约感到都市繁华里的落寞，校园热闹中的孤寂，内心暗生茫然惆怅。仿佛做了一场梦，梦醒时分，一切又是那么平淡无奇。人在迷茫时，时光的脚步总是异常缓慢。我感到大学四年是那么漫长，毕业是那么遥远，前程是那么缥缈。人在迷茫中，有时会不由自主地投入文学的怀抱，让自己沉醉于文学的世界以填补内心的空落，寻求一时的慰藉。我从图书馆借来了中国古典文学书籍，开始品味唐诗宋词，沉迷于红楼梦幻、三国兴衰。古典文学中流淌着的"无常"与哀伤，时而令我扼腕叹息，时而让我感伤落泪。

我也借来了日本古典文学名著《源氏物语》，然而，只读了开头几句便退还了。我忽略了最起码的常识，那就是，要欣赏外国的古典名著，须有相当的外语功底，具备一定的古典知识。我自高中时代学日语，但未接触过日语古典文法，还不能欣赏日本古典文学。本已陷入迷茫中的我，此时又徒增苦恼。哈尔滨的冬季来得早，刚到十一月便开始降雪，接下来连续几个月都是冰天雪地。目睹雪中寒枝摇曳的丁香，想到它们将要经受漫长严冬的考验，不由得想到四年大学生活的漫长，写《丁香》一文，就是想宣泄一下淤积在内心无法排解的苦恼。

吉川老师轻轻触摸着丁香的寒枝，语重心长地对我说："对丁香而言，冬季是严酷的，也是关键的。寒冬里，丁香为迎接春天的到来而甘守孤独，默默积蓄着能量。春季丁香花的美艳与芳香，与其在寒冬中的不懈努力息息相关。学外语也一样，无论是读外国文学作品，还是用外语写文章，都要付出艰辛的努力，经历各种苦恼。然而，青春时代的苦恼是甘甜的，是成长的标志。苦恼淤积时，将其用笔写出，已是一种升华，而能用外语表达，更是非比寻常。"

第一次用外语写文章，第一次将苦恼诉诸笔端，非但没有得到排解，反而牵引出了更多的苦恼，发现自己掌握的外语词汇还极为贫乏，还无法表达细腻的情感。然而，吉川老师的一席话解开了我的心结。喜欢另辟蹊径的我从此振作起来，调整心态，利用闲暇，阅读外文。为丰富词汇，向收录十余万条词的《现代日汉大词典》发起了挑战。

那时还没有电子词典，而纸质词典厚重，不便携带，我就每天撕下其中的五页，清晨起床前，晚上就寝后，在食堂排队买饭时，甚至上厕所时也取出来浏览一下。当翻阅厚厚的词典时，我总会为如何记下如此浩瀚的词汇而困惑苦恼，然而，每日从中抽出几页细读，却觉得轻松自如。在忘我的学习中，漫长的严冬悄然逝去，冰城迎来了丁香花开的时节。

校园里的丁香并不多，然绽放时的芳香却弥漫了整个校园。也许北国之春来得太迟，置身于浓郁的花香里，沐浴在绵柔的春光中，我不由得为良辰美景而心醉，产生了强烈的学习热情，以及浓浓的绘画兴致。于是晨起更早，锻炼结束后，我便到丁香树下，朗读外语，提笔写生。然而，美景如画，良辰似水，常常是还没读几页书，还未画几笔画，清晨的时光便匆匆流逝。

也许我太喜欢丁香了。夜晚，在从图书馆或教室归来的路上，只要闻到丁香花的清新芳香，便不由自主地绕到丁香树下。与清晨不同，夜晚的丁香树下，是热恋情侣的世界，他们沉浸在花前月下，偎依私语，不尽缠绵。某个月夜，我独坐在离丁香树不远的靠椅上小憩，一对恋人经过，悄声笑我孤独。

那个年代，大学被称为疗养院，很多人考上大学，便以为将来有了"铁饭碗"，于是蹉跎岁月，挥霍良宵，随波逐流。我不由得问自己，何为孤独？人在迷茫时，连浓郁的花香与绵柔的春风都会莫名地惹起烦恼，我第一次感到赏春中竟会如此伤春，连那素雅清丽的丁香花也隐约闪动着恼人的美。

某日清晨，我在丁香花前写生时，忽闻不远处有读书声，定睛一看，原来是吉川老师。吉川老师酷爱中国文化，尤其喜欢中国古典文学。自来中国，在繁忙的教学之余，她潜心研究《红楼梦》，挤时间学中文、书法、太极拳。那时，吉川老师已经五十多岁了。

吉川老师见我作画很是惊喜，她鼓励我将绘画与写作融为一体，以画出更美的画，写出更美的文章。我苦笑着说，丁香花很美，只是花小，很难入画。吉川老师坐在长椅上，取出纸和笔，沉思片刻后，写下两句中国古诗："芭蕉不展丁香结，同向春风各自愁。"吉川老师微笑着说："诗中的丁香结，就是丁香的花苞，古人以此比喻愁思。想必丁香花难画，就是因为它的'愁'吧。"

我问："为何丁香花会给人以愁的感觉？"吉川老师解释道："并非花愁，是看花人愁，花看上去也像在愁，于是引发苦恼。苦恼，非人所情愿，然而，若以积极的心态面对，有时会引发奇思妙想，激发丰富想象。追梦，总会伴随苦恼，若把梦喻为大树，苦恼就是装饰大树的绿叶。"关于苦恼，吉川老师以前说过的话言犹在耳，而今再次聆听，于是，萌发了再写《丁香》的冲动。

我写得极为投入，以至常常忘却时光的流逝，而季节总是乘人不备，悄然变换，还不待我完成初稿，丁香已花谢花飞。目睹满地的落英，我不由得感叹春光易逝，感慨美景与良辰一样，不会永久停留，要想珍爱美好时光，唯有发奋刻苦。二度写《丁香》，我对外语写作产生了浓厚兴趣。为提高外语写作水平，我还试着翻译一些爱读的诗歌、散文等，随着时光推移，笔译也成了我的爱好。

无论是写作还是翻译，苦恼总是源源不断，而我正是在苦恼中寻找到了乐趣。对学生来说，在学习中找到乐趣是最幸福的。在忘我的学习中，我发自内心地爱上了冰城的冬季，感觉冰天雪地的严冬与花香四溢的暖春一样，皆是美景良辰。严冬的丁香，没有松柏的苍翠、白杨的伟岸，却与松柏、白杨一样，在飞雪酷寒中，甘于孤独寂寞，为了春天的梦，默默地积蓄着能量。

光阴荏苒，看过几场雪，赏过几次花，四年的大学生活便匆匆结束。离校的那天，我与吉川老师在校园里散步。当走到丁香树前时，我们不约而同地驻足停留。此时，我才感到对这里的一草一木有着深情眷恋，无限怀念那些已逝的美景良辰，那些寒窗孤影，那些苦恼困惑……那天，吉川老师送给我一本袖珍版《徒然草》，期待我将来能写出这样的随笔作品，能译出这部古典名著。

在合适的时间，邂逅合适的人，乃人生之幸事。在多梦又多烦恼的青春时代，结识吉川老师，使我可以直面人生的各种苦恼。大学毕业后，我寻梦远赴南方，从此再也没见过丁香，也再没见过吉川老师了。然而，丁香花恼人的芳香，以及丁香树下吉川老师曾说过的那些富有哲理的话却时时启发、激励着我。追梦是浪漫之旅，也是苦恼之旅。异乡的孤独、漂泊的艰辛、世事的"无常"，都曾令我苦恼困惑，但也成为我思索人生、超越自我、痴迷文学的源泉。

读吉川老师赠送的那本袖珍版《徒然草》也是在漂泊途中。兼好法师说："要想成就某事，即使他事失败，亦在所不惜，被别人嘲笑亦不以为耻。不在其他事上做出牺牲，就不会成就大事。""若这也不放弃，那也想得到，最后该得到的也得不到，不该失去的也会失去。"于我而言，所谓大事，就是追梦。选择了梦，就意味着要有所放弃，意味着在选择和放弃之间不能犹豫。

结束留学回国后，我来到了江南古都杭州，进入高校工作。

教学之余，致力《庄子》和《徒然草》的研究及随笔创作，两部古书赋予了我创作的激情和灵感，创作也成为我研究这两部古书的独特方法。《庄子》曰："且举世而誉之而不加劝，举世而非之而不加沮。"经历了诸多坎坷，人就不会为各种烦扰所牵累，就会远离名利，置身于喧嚣的尘世而风雨不惊。文学创作，适合我孤僻爱静的性情。创作时，我感到自己就像归隐林泉的隐士，尽情逍遥于梦的世界。

自来杭州，我就听说江南也有丁香，外出时，总留意周围的自然风景，期盼着某一天能偶遇丁香，然而，至今未能如愿。不过，我未感到遗憾，也从未刻意寻找。在我心目中，丁香的美已不是只有目睹才能欣赏，丁香的美已超越时空，渗透到心灵的深处。一如昨天，在漫长的冬季，在冰天雪地，固守着春天的梦，在煦暖的春光里，散发着恼人的芳香。

梦中缘

荞麦

自来杭州，我隔三岔五总要吃一顿荞面。对我来说，吃荞面是一种享受。荞面的做法很多，可做热汤面、凉面、刀切面等。做法不同，味道亦异。但无论哪种面，都散发着荞麦特有的清香；无论哪种面，都会让我想起家乡的饸饹，想起家乡山坡上那一望无际、随风起伏、洁白如雪的荞麦花。

荞面饸饹，是老家内蒙古的特色面食。小时候，我常帮母亲轧饸饹，轧饸饹要用到一种叫作饸饹床的工具，现在看来有些原始，它是约一米长的木体构架，形似蚂蚱，中间部位是深约一尺的圆柱形槽，槽直径约十五厘米，底端嵌有很多筛孔。轧饸饹时，人们把饸饹床架在锅上，将和好的荞面团放入槽中，用附有长力臂的木墩子从上面用力向下压，面团透过筛孔，压挤成细长的面条，这便是饸饹了。

轧出的饸饹条落入锅内沸腾的开水中，煮熟捞出，放入温水中浸泡。吃的时候，可依个人喜好，或将酱油葱花汁浇在上面，或把酸菜肉丝汤浇上去，荞面特有的清香和着葱花汁或酸菜肉香扑鼻而来，令人垂涎三尺。

荞面饸饹好吃，但荞麦非高产作物。家乡年年种荞麦，背后却隐含着人们的无奈。在祖祖辈辈靠天吃饭的家乡，每到春耕季节，人们总期盼能下一场好雨，然而，好雨并非都知时节。从我记事时起，家乡就常遇春旱。春季不下雨，山坡上的旱田就无法播种，待到雨季来时，谷子、玉米等农作物已过播种期，于是只能种荞麦。荞麦生长迅速，播种后不到两个月，满山便是洁白如雪的荞麦花。

荞麦花期短，随着夏日结束，很快谢落并结出籽实。熟透的荞麦粒极易脱落，小时候，我常见父母头顶烈日，脸上淌着汗水，沿着田间垄沟细心捡拾荞麦粒。父母一生勤劳节俭，平时总是叮嘱我们要爱惜粮食，告诉我们一根饸饹条是由很多荞麦粒磨成的。后来，每想起父母在烈日下挥汗捡拾荞麦粒的情景，总会情不自禁地吟诵："锄禾日当午，汗滴禾下土。谁知盘中餐，粒粒皆辛苦。"于是发自内心地感受到这首古诗的凄美动人。

总吃一种食物，再好吃也会腻，然而荞麦却让我久吃不厌，说来这得益于父母的智慧。为让家人吃得可口，除了饸饹，母亲还用荞面烙馅饼、包饺子、蒸馒头、擀面条，不断变换着花样吃。即使是同样的饸饹，也常调换卤子的口味。老家的院内多榆树，父亲年年为其剪枝疏条，并将剪下的榆树枝剥皮后晒干。晒干的榆树皮被碾成粉状，掺入荞面，做成的饸饹条长而有筋道，味道鲜美。乡村的春节，年味极浓。在我家，饸饹总是扮演着特殊的角色。荞面开胃生津，吃腻了年糕豆包，荞面饸饹特有的清爽会让人迅速提高食欲。父母将清贫简朴的生活过得有滋有味，用勤劳和智慧，让全家在清贫中感受富足，简朴中体味奢华。

南方很少种荞麦，也没有吃荞面的习惯。大学毕业远赴南方的我，常想起家乡的荞面饸饹，于是，对每年的探亲便多了一分期待。母亲知我爱吃饸饹，每次在我回家或离家时，总是提前磨好荞面。聚时吃饸饹，意为一家团圆；别时吃饸饹，寓为一路顺风。岁月流逝中，饸饹被赋予了特殊的意味，凝结成一种乡愁。

我与荞麦有宿命之缘，因为在长达七年的留学生涯中，荞麦一直深情陪伴着我。日本物价高，为维持生计，完成学业，自费留学的我，平日不得不节衣缩食、精打细算，然而自从遇到荞麦，清苦的留学生活便有了别样的浪漫。自古以来，荞麦在日本人的饮食中就扮演着重要角色，荞麦也因此被视为美食。这对从小爱吃荞麦的我来说，可谓机缘巧合。

我常买速食荞面。速食荞面便宜，做法简易，放入沸腾的开水中，稍煮后捞出，浇上调好的蔬菜肉汁或放上拌好的凉菜即可食用。与饸饹一样，用不同的作料调味，连续吃几天也不腻。后来，我还学会了做日式荞面，日式荞面是盛在小笼屉上蘸酱油芥末或葱花汁吃的，说来与饸饹的吃法也很相似。

每次吃荞面，眼前总会浮现家乡山坡上那一望无际、洁白如雪的荞麦花，自然也想起饸饹，想到在父母离世多年后，依然得益于其生活智慧，于是深感父母的养育之恩。《徒然草》中说："民以食为天，善于调节口味，可谓特长。"荞面，赋予了生活智慧，丰富了生活内涵，使我身处清贫却忘了清贫。

常吃荞面，我也节省了不少开支，用节省下来的钱，每月买两本书。某日，我在大学书店看到新上架的《庄子》等中国古典书，一狠心买了三本，结果，剩下的钱仅够买回程车票。那天，我未吃午饭。下午上完课，赶回京都时，已饥肠辘辘。一次买了几本喜欢的书，晚上的荞面吃得特别香。

日本到处都有荞面馆。外出时，我常在荞面馆进餐。细雨绵绵的初夏某日，我走访了京都的仁和寺和长泉寺。二寺皆与《徒然草》有关，其中，长泉寺据说有兼好法师的墓地，是我一直想去看看的地方。长泉寺平日不开放，那天我运气好，刚到寺门前就遇见前任住持，得知我是为研究《徒然草》才来日留学的，他便带我参观了兼好法师的墓地。中午，我在寺院附近的荞面馆进餐，吃着清淡爽口的荞面，耳闻淅淅沥沥的雨声，感到清贫的生活中洋溢着别样的浪漫。

与我同在宾馆打工的小张就读于语言学校，初来乍到，他还未适应国外的环境，日语也说不好，感到压力很大。见小张每日郁郁寡欢、闷闷不乐，在一个飘雪的日子，我约他一起去了福井县永平寺。永平寺是道元禅师开设的坐禅修行的道场，距今约有

荞麦

七百八十年历史。道元禅师十四岁出家，二十四岁来中国，师从天童寺的如净禅师，经艰苦修行，修得"坐禅"正果，回到日本。永平寺的主要修行是坐禅，而将坐禅精神融入日常生活，每日清扫回廊，便是"动的坐禅"。

　　永平寺内，积雪深厚。目睹众多僧侣身着布衣芒鞋，在幽深的寺院埋头扫雪，在宽阔的回廊屈身擦拭，小张颇受启发，领悟到留学也如修行，唯有吃得了苦，知难而上，才能体会人生价值，参透追梦真谛。在日本，永平寺一带的荞面极负盛名。中午，我与小张在寺外的荞面馆进餐。飘雪中探访古寺别有情趣，旅途中吃一碗热荞面尤感温暖，而看到小张久违的笑容更令我欣慰。

　　清贫中，我越发爱读中国古典文学，于是越发感悟古代贤人隐士安贫乐道之魅力。《庄子》记载，庄子一生过着素食淡饭、清简贫困的生活，曾靠编草鞋维持生计，为糊口借米于监河侯，身着褴褛去见魏王，却能做到贫穷不潦倒，困窘不落魄，超然物外，淡泊逍遥。《徒然草》中，兼好法师列举了中国古代的隐士许由和孙晨，赞扬他们甘于清贫，不求奢华。在我看来，古代贤人隐士不慕奢华，甘守清贫，自然随性，是因为他们始终以坚守志向、信念为乐。

　　也许我太喜欢荞面了，几次感冒，竟都是吃了荞面好起来的，此事常让我想起《徒然草》中的盛亲法师。盛亲法师平日爱吃芋头。讲授佛典时，座席旁总放着盛满芋头的大钵，边吃边讲解。生病疗养期间，他连续几日闭门不出，挑选上乘的芋头，吃得比平时还多，以此医治疾病。《徒然草》中说："功德源于笃信。"对某物发自内心地喜爱，有时会成为战胜困难的强大动力。在国外留学的那几年，是我人生中最清贫、最艰苦的岁月，也是我人生中最浪漫、最富有诗意的年华。因心中有梦，朴素中体会到了富足，清淡中咀嚼出了甘甜。

　　民以食为天。对每个人而言，吃，乃大事，而能有一种让自己百吃不厌的食物，可谓人生乐事。对某种食物百吃不厌，久而久之，会形成一种境界，对追梦者而言，这种境界极为重要。《庄子》曰："朴素而天下莫能与之争美。"人生以淡为美，以朴为真，心中有梦，淡泊即逍遥。我爱清淡，甘愿一生清淡地活着。自来杭州，荞面，依然是我最爱吃的食物。吃荞麦，我领悟到了庄子的自然、逍遥，懂得了清淡的人生更富情趣，更令人回味无穷。

荞麦

夜

也许因为爱静，在我看来，夜，总是那么静谧温柔，总是那么闲适惬意。也许因为孤僻，在我的感觉中，夜，总是蕴含着浓浓的隐逸闲情，总是洋溢着淡淡的桃源情趣。夜深人静时，耳畔总传来熟悉的笛声。那笛声，时而悠扬，时而低沉，时而清晰，时而模糊，遥远又极近，美妙且感伤……

我上小学时，还是集体合作社的年代。我家在内蒙古的一个偏僻山村，全村几百户人家，零散分布于沟壑纵横、树木葱茏的狭长山坳里。方圆几十里，有丘陵山地，有草原森林，一条小河沿山麓蜿蜒东去。村小学在河上游，因交通不便、沟多林密，且常有野兽出没，家在下游的孩子读书普遍较晚，有的到了十几岁才上小学。我家也在下游，不过我很幸运，七岁那年，适逢村里在下游设立了分校，我是第一批入学分校的学生。

说是分校，其实只有一个班，教室在生产队的大院里，由两间旧仓库改造而成，书桌板凳都是临时用木板定制的，教员只有殿斌老师。殿斌老师二十岁出头，家住河上游，上下班连自行车也没有，十几里山路全靠步行。集体合作社年代，村民都是集体劳动。野外农活儿告一段落后，就聚集在生产队大院里做零活。劳动的场面总是热闹非凡，在生产队的大院里，有草料场工匠铺，有碾屋磨坊，有牛马驴羊圈。上课时，时而传来社员们的吆喝声，以及拉锯刨木声和牛马驴羊的嘶鸣声。噪声太大时，我们就改上音乐课。殷斌老师酷爱音乐，吹拉弹唱，样样在行。动听的歌声、优美的旋律，使我们在不知不觉中忘却了外面的嘈杂。

平日里，殷斌老师总是无微不至地关心、呵护着我们。在生产队的大院里，只有一口辘轳老井，口宽水深，为了安全，殷斌老师从不让我们靠近，总是利用课间亲自提水，供我们饮用。北方的冬季漫长寒冷，冰天雪地，早上天还没亮，殷斌老师便赶到教室，为我们生火取暖。殷斌老师像爱自己的家一样爱着教室，亲自绘制墙报，布置学习园地，每日带领大家清扫。与殷斌老师在一起，我们感到特别温暖舒心，特别依恋那简陋而整洁的教室，晚上也都去那里学习。

殷斌老师的家远离学校，每天自带小米咸菜，中午用炉火烧饭。下午放学后，急急忙忙赶回家，晚自习开始前，又匆匆返回教室。与白昼不同，夜晚的生产队大院极为宁静。那时，村里还没有电，我们每人都携带着用墨水瓶制作的小煤油灯去教室，殷斌老师没有独立的办公室，总是坐在教室的一角，为我们补习功课、答疑解惑、批改作业。休息时，给我们讲故事、吹笛、唱歌，与我们一起玩游戏。我们都喜欢与殷斌老师在一起，学到很晚也迟迟不愿离开教室。

殷斌老师曾问过我们的梦，我们的梦都很远大、美好，考大学、当科学家、做工程师……我们也问过殷斌老师的梦，然而，老师的梦却异常平凡、朴素，就是让我们多学点知识。为了这个梦，殷斌老师每天起早贪黑，披星戴月，不辞劳苦地往返奔波。乡野山村的夜路静得吓人，殷斌老师每天晚上都是吹着笛子回家的。那笛声悠扬婉转，声声扣人心弦，久久回荡在夜空……

后来，那笛声常在我耳畔响起，一任岁月逝去，物换星移，让我不蹉跎时光，不虚度年华。我对夜情有独钟，源于那笛声。夜的宁静切合了我的爱静性情，我的人生、我的梦也与夜有了千丝万缕的联系，与夜结下了深深的情缘。

夜

夜，最能体味读书的乐趣。从小学到大学，白昼的时间我是大多在学习中度过的，但真正使我静心读书、感知读书乐趣的却是在夜晚。白日里读后未解其意的书，夜晚品读便深得其味。夜的孤灯下，留下了我太多埋头苦读的身影。夜的宁静，让我尽情畅游在浩瀚的书海。今人古人，在书中相识，在梦里相逢。《庄子》构思巧妙，想象丰富，瑰丽多彩，肆意奔放，夜读《庄子》，如品尝醇厚的美酒，像欣赏天籁之曲，浮躁的心也因此平静下来。《徒然草》中说："静夜里，独自在灯下读书，与未曾谋面的古人为友，乃最好的精神寄托。"夜，使我超越时空，走入《庄子》《徒然草》的世界，静夜里，我遇到了灵魂的知己。

夜，最能感知孤独的情趣。追梦之旅，有困顿，有失意，有茫然，有无奈。苍茫的夜色、清冷的月光、潇潇的雨声、漫天的飞雪，总能让人感知万物沉寂的孤独。夜深人静，孤枕难眠时，独对明月清风，绵绵的乡愁涌上心头。尘封的往事，总在夜的孤独中被悄然忆起，静静追思，细心品味，总引发无限的感慨。夜，是创作的最佳环境；孤独，是创作取之不尽的源泉。夜深人静时，孤独悄然潜入室内，沁入身心，此时的思路最清晰，想象最丰富，情感最细腻。爱上了夜，就如同爱上了孤独。夜的孤独中，我走进了真实的自己。

夜，最能感受静的玄妙、美的极致。同一条路，夜晚与白昼行走，心境与氛围不尽相同。白昼的路，喧闹嘈杂，人们的脚步显得凌乱匆忙，川流不息的车辆仿佛使路边的树木都染上了世俗的尘埃。到了夜晚，浮华褪尽，月上树梢，枝叶轻摇，光影斑驳，夜凉如水。花香沁人心脾，虫鸣清新悦耳。雨打树叶、雪折树枝的声响，尤有静的玄妙。夜之静，总让我联想到《庄子》中的"虚"。《庄子》中，"虚"与"静"密不可分，"虚静"乃逍遥游之必要条件。《徒然草》中说："物之光泽、色调，夜晚才尽显幽雅别致……夜晚，身着华丽服装会光彩照人。灯光下，容貌黯淡朦胧，然美在其中。声音亦如此，夜里闻其声，方感其用心。花草之芳香、乐器之音色，夜里方有别样情趣。"自然的静与美激发的感动与兴奋，会让人从内心燃起希望的火焰。在夜的舞台上，我找到了别样的心动。

夜，是梦的最佳土壤，是隐的最好归宿。夜，隐约深沉，迷离恍惚，蕴含着幽深的禅趣，有不与世争的娴静，有深邃的古典意境、浓厚的隐逸闲情。置身于夜的静谧中，就会有领悟，无论是远离故土，还是逆旅漂泊，皆为找寻梦的最佳土壤，寻找心灵的最好归宿。喜欢上了夜，便会懂得，梦并非都在远方，幽静的生活并非山林古寺莫属。静夜里，读爱读的书，写想写的事，感觉世间最美的风景就在身边。"众里寻他千百度，蓦然回首，那人却在，灯火阑珊处。"静夜里，我感受到了山水的幽静闲适，寻到了属于自己的梦里桃源。

夜